KB098782

▲ 생전의 박환성 PD

▲ 생전의 김광일 PD

▲ 송도순 선생님과 함께 일할 때

▲ 편집하다가 잠깐....

▲ 촬영 중인 김광일 PD

▲ 촬영 중인 박환성 PD

▲ 김광일 PD와 박환성 PD가 남아공으로 떠나기 전 블루라이노 픽처스에서 가진 모임에서

▲ 두 PD가 타고 있다가 사고가 난 차

▲ 사고 현장에서 남은 물건들

▲ 주인을 잃고 남아공에 있던 짐

▲ 화장터에서 지내는 제사

다큐 PD였던 당신

그대 잘가라

그대 잘가라

1판 1쇄 발행 2018년 1월 23일
지은이 오영미 외 7인(한경수, 박봉남, 김원철, 권용찬, 김종관, 이용규, 송규학)
발행인 도영 **내지 디자인** 손은실 **표지 디자인** 신병근 **내지 삽화 만화가** 최정규
마케팅 김영란 **편집 및 교정 교열** 김미숙
발행처 그러나 등록 2016-000257 **주소** 서울시 마포구 동교로 142, 5층(서교동)
전화 02) 909-5517 **Fax** 0505) 300-9348 **이메일** anemone70@hanmail.net
ISBN 978-89-98120-44-3 03810
© 오영미

* 이 도서의 국립중앙도서관 출판예정도서목록(CIP)은
  서지정보유통지원시스템 홈페이지(http://seoji.nl.go.kr)와
  국가자료공동목록시스템(http://www.nl.go.kr/kolisnet)에서 이용하실 수 있습니다.
  (CIP제어번호:CIP2018001441)

다큐
PD였던
당신

그대 잘가라

그대의 아내
오영미 지음

그리나

차례

나는 말없이 'Heaven(천국)으로' 가버린
두 PD를 찾아 나서기로 했다!

꽃잎처럼 흘러 흘러
그대 잘 가라
그대 눈물
이제 곧 강물되리니
그대 사랑
이제 곧 노래되리니

산을 입에 물고 나는
눈물의 작은 새여
뒤돌아보지 말고
그대 잘 가라

김광석의 〈부치지 않은 편지〉 중에서

2017년 7월 29일 신촌 세브란스 병원에서 열린 고(故) 박환성·김광일 PD 추도식에서 김광석이 부른 〈부치지 않은 편지〉가 흐르고 있었다. 노래가 흐르고 여러 말들이 스치는 동안 그 공간은 눈물바다가 됐다. 영상 속 두 남자들은 웃고, 말하고, 살아서 움직였다. 꿈이었으면 했다. 아니 꿈이길 기도하고 있었다.

'신이 있다면 제발, 제발 이 악몽에서 깨어나게 해주세요.'

나는 간절하게 바랐다.

그러나 신은 내 간절한 기도를 들어주지 않았고, 또 나는 꿈에서 깨지도 않았다. 어느 정도의 시간이 흘렀지만 아직도 그 자리에 그대로 머물러 있다. 떠난 그 사람에 대한 슬픔이 채 가라앉지 않았는데 세상은 마치 아무 일도 없었다는 듯 그들의 이야기는 잊히고 있다.

내 자리는 있지만, 그들이 머문 자리는 처음부터 없었던 것처럼 사라져갔고, 그 자리를 다른 사람이 빼곡하게 채워나갔다.

허망했다. 허무했다. 하늘은 이미 무너졌다. 끝이 보였다. 끝나버렸다.

글쟁이는 너무 슬프다 보면 자신도 모르게 글을 끝까지 붙잡고 늘어진다는 것을 알고 있다.

까닭 모를 어떤 연결 고리를 꾸역꾸역 파고들며 헤매고 다녔다.

무엇인가 잘못된 것을 알아버렸을 땐 이미 버릇이 되어버린 후였다.

늦·었·다!

또다시 여태 감춰져 있던 흩어진 여러 감정 요소를 모으기 시작해 글자로 하나씩 토해내기 시작했다. 감정을 그대로 삼켜버리면 체하곤 했으니 그냥 그대로 토해냈던 기억이 있다.

2017년, 결혼 생활 10년째 되는 해.

지금 내 곁에 평생 동반자, 김광일이란 이름을 가진 그런 사람은 존재하지 않는다.

10년 동안 함께한 것이 맞긴 한 것인지도 의심이 들기 시작했다.

혹시 이 모든 상황이 영화 〈트루먼 쇼〉의 가상 현실이 아닐까 하는 의문도 들었다. 아니 차라리 〈트루먼 쇼〉였으면 했다.

그 사람에게 물었다.

"밥은 먹었어?"

"……."

"아픈 곳은 없어?"

"……."

"사랑해."

"……."

"당신, 있는 곳이 어디야? 내가 거기로 갈게."

"……."

"부탁이야, 어디에 있는지 말 좀 해줘. 제발."

"……."

"왜, 왜 말이 없어!"

"……."

내가 무슨 말을 해도, 소리를 질러도, 울며불며 애원해도 되돌아오는 말은 없었다.

답답했다. 억울했다.

한동안 길을 잃은 아이처럼 정신을 놓고 다니다 천국으로 편지를 쓰기로 마음먹었다.

혹시라도 이렇게 하면 멀리 떠난 당신이 내 편지를 받을 수 있지 않을까?

천국으로 쓰는 편지

첫눈처럼 설레는 '사랑'이란 이름으로 내게 다가와,

스쳐 지나가는 바람처럼 '그리움'이 된

나의 사랑하는 신랑 김광일에게

대체 어디서부터 잘못된 걸까.

10여 년 전 당신을 만나 함께 일하며 사랑을 나누던 그때였을까.

아니면 일이 없어 집에서 쉴 때 방송 일 말고 다른 일을 구한다고 이력서를 몇십 군데 넣고 연락을 기다리던 때였을까.

다시 떠올려보면 2009년 정권이 바뀌면서 방송 일을 거의 하지 못한 채 집에서 이력서를 쓰고 있었던 그때부터 잘못되었던 것 같아. 그때 그냥 그대로 일을 접었더라면 이런 일은 일어나지 않았을 텐데……

그때 방송 일 접고 냉동 창고에서 일도 했고, 중고품을 수출하는 고물상 업체에 들어가 일했었잖아. 몸 쓰는 일이다 보니 육체적으로 많이 힘들지만 그래도 마음은 편하다고 했는데.

또 힘들게 일하던 당신이 내가 다치니까 일하다 말고 달려와 내 상태를 확인하고 다음부턴 조심하라고 했었어. 그러곤 업어서 집에 데려다주고 다시 회사로 돌아갔던 그날 당신은 혹시 생각나? 나는 너무 생생하게 떠올라.

무슨 일을 하든 정말 열심히 일했던 당신. 하루 종일 땀 흘려 일하고 마시는 소주 한잔이 그렇게 맛있다며 매일 술을 한잔하고 잠들곤 했지.

그렇게 6개월이 흘렀던가. 방송 일을 접는다고 분명히 말했음에도 친했던 동료 PD가 당신을 설득했잖아. 함께 하자고, 자기 믿고서 마지막으로 한 번만 더 해보자고 했었지.

한 달을 고민을 해서 다시 방송 일을 복귀했고, tvN《리얼 스토리 묘》를 복귀작으로 하여, SBS《진짜 한국의 맛》, KBS《생생 정보통》,《여유 만만》, SBS《접속! 무비 월드》, 그리고 약 5년을 EBS《다문화 휴먼 다큐 가족》을 하게 되면서 나보다 다문화 가족과 함께 보낸 시간이 더 많던 당신.

나한테 그리고 아이들한테 함께하지 못해서 늘 미안하다며 속상해했지만 나는 괜찮았어. 가장의 어깨란 늘 그랬으니까. 당신의 어깨도 참 많이 무거워 보였거든.

일이 힘들었지만, 보람됐고, 때로 화도 났지만, 정말 의미 있는 일이라고 계속했으면 좋겠다 했지. 끝까지 할 수 있는 일이란 없었던 걸까. 일의 한계점에 다다르자 끝이 보이기 시작했고, 결국 환상처럼 순식간에 끝나버렸지.

휴먼 다큐는 이제 그만하고 자연 다큐를 하고 싶다던 당신.

동물 다큐를 찍는 선배를 만나 EBS《다큐 프라임》〈야수의 방주〉 제작에 참여했고, 미국과 남아프리카 공화국(이하, 남아공)으로 떠나게 됐지. 남아공으로 갈 시기에 이사를 앞두고 있어서 내가 안 갔으면 좋겠다고 말했는데도 갔잖아.

결국 붙잡을 수가 없어서 그냥 보내버렸는데 이제 와 생각해보니 끝까지 붙잡았어야 했다는 생각이 들어. 당신이 현관문을 나서던 그 모습이 아직도 눈에 선명하게 남아 있는데 말야.

나한테 그렇게 말했었지?

가지 말라던 내게 "어쩔 수 없는 거 알잖아. 자기가 한 번만 이해해줘."라고 말했고, 그렇지만 또 막상 가는 날은 아침부터 가기 싫다며 이상하게 많이 힘들어했는데…….

사람에게 느낌이란 게 있는 걸까. 당신도 이미 어느 정도 예감을 했던 걸까.

"아, 이상하게 발걸음이 너무 무겁다. 왜 이런지 모르겠네. 너무 가기 싫다. 나 어떡해. 시간이 가긴 할까. 날짜도 너무 길고, 근데 가야겠지? 발걸음이 너무 무거워. 왜 이런지 모르겠어……."

그렇게 무거운 발걸음을 이끌고 간 곳이 다름 아닌 저승길이었으니 당연히 발이 안 떨어지지.

지금에 와서 생각해보면 이상한 게 한두 가지가 아니었는데 그땐 왜 몰랐던 걸까? 우리 집 컴퓨터도 고장이 나서 내가 일을 못한다며 몇 개월을 고민해 노트북과 데스크톱을 새로 사놓고, 대출금도 지금 아니면 못 갚을 것 같다고 다 갚아놓고, 차도 고장 났으니 출장을 다녀와서 새 차를 사자고 떠나기 이틀 전에 폐차까지 해버렸잖아.

그때 이상함을 눈치챘어야 했는데…….

뒤늦게 생각해보니 내가 둔감했었나 봐.

눈치채고 보내지 않았으면 결과가 달랐을지도 모르잖아.

이삿날 받아놓고 나한테 많은 짐을 맡겨두고 가는 게 미안했으면 나만 두고 가질 말았어야지.

갔어도 죽지를 말았어야지. 미안할 짓은 왜 해! 바보 김광일!

왜 돌아올 수 없는 곳으로 영영 떠나버린 거니?

그렇게 먼 길 가려고 내 애원도 뿌리치고 가버린 거야?

나는 당신 때문에 잘 지내지 못해. 아직도 이게 꿈인지 현실인지 잘 모르겠어.

당신은 내가 잘 지내길 바라고 있을까?

난 잘 지내지 못한다고 말할 수 있고 표현을 할 수 있는데, 떠나버린 당신은 잘 지내는지 어디에 있는지 내가 알 길이 없잖아.

내게 주고 간 아픔과 슬픔, 그리움은 나를 더 갈증 나게 하고, 공허하게 할 뿐이야.

항상 머물던 당신은 내 곁에 없고 매일 매 순간이 데칼코마니처럼 너무 똑같아.

또 문득 일하러 나가다가, 길을 걷다가 당신이 떠올라 울음을 터뜨리기도 해.

그렇게 먼저 떠나간 당신이 원망스러워 아무것도 못하고 멍하니 있는 날도 많아.

당신의 흔적은 이렇게 많은데 왜 당신은 없는 걸까.

이 지구 끝 어딘가에 꼭 살아 있을 당신.

죽음에 대한 다큐를 제작하러 저승으로 촬영을 떠난 당신을 찾고 있어.

그렇게라도 해야 숨 쉬고 버틸 수 있으니까. 살아갈 이유가 생기니까.

사실 나 사랑한다고 속삭여주던,

세상에서 가장 많이 사랑한다고 나를 품에 꼭 안아주던,

'김광일'이란 사람이 다시 내게로 돌아와줬으면 좋겠어.

그럼 정말 많이 안아주고 더 많이 사랑해줄 수 있는데 그럴 자신이 있는데⋯⋯.

그게 그렇게 큰 욕심인 건가?

내가 너무 큰 욕심을 부리고 있는 건가?

나는……

그게 욕심이라도 좋으니 당신을 다시 한 번만 더 만나고 싶다.

결국 그렇게는 힘들겠지?

그래서 난 당신의 이야기를 기억하기 위해 기록을 하고 있어.

당신이 머물렀던 세상을 돌아다니며 흔적을 찾아다닐 거야.

그렇게 하면 이 세상 어디를 가도 나와 우리 아이들은 당신을 만날 수 있을 테니까.

내가 이 지구를 돌아다니다 끝에 다다를 때쯤 당신 곁으로 떠날 채비를 할 수 있을 것 같아.

이 지구 끝 어딘가에서 세상을 기록하고 있을 당신을 만나기 위해 나도 열심히 살아볼게.

노력해볼게.

그리고 당신의 이야기가,

내가 사랑한 당신이 살아온 순간이 잊히지지 않기를…….

내가 쓴 이 편지가
저 하늘 어딘가에서 기록을 하고 있을
당신의 두 손에 닿기를 바라며

'사랑하는 당신과
나의 이야기'

우리의 얘기를 쓰겠소

어느덧 찬 바람이 불기 시작한다. 여느 때와 다를 바 없는 가을, 다시 돌아온 계절이지만 2017년 가을은 나에겐 너무도 힘든 시간이었다.

갑자기 차가워진 바람이 내 마음 깊숙이 스며들었고, 우울함이란 늪에 빠져나오지 못한 채 2017년 7월 15일 새벽 3시 45분이란 시간에 머물러 있었다.

문득 작년 이맘때가 생각이 났다. 우리는 가족 여행을 갔었다.

2016년 10월 초 다니던 제작사에서 한 달간 무상 휴가를 줘서 여행을 갈 수 있었다. 그 사람이 자신의 이름을 걸고 한 EBS《다문화 고부 열전》마지막 방송을 마치고, 적금을 깨서 여행을 다녀왔다. 지금이 아니면 또 언제 시간이 돼서 갈 수 있을지 모르니까.

해외여행을 계획할 때 나는 그 사람에게 이런 질문을 던졌다.

영미 : 솔직히 회사에서 휴가를 줬다고는 하는데 괜찮은지 모르겠어. 부른다고 했다가 일이 없다고 부르지 않을 수도 있는 거잖아. 정직원도 아니고, 계약서를 쓴 것도 아닌데 말야. 그 회사를 끝까지 믿을 수 있을까? 사실 그래서 지금 돈도 없고, 돈을 좀 더 모아봐야 하는 거 아닌가 하는 생각이 들어. 이런 상황에 해외로 나가도 괜찮을까?

질문을 건네자 그 사람은 나에게 이런 답을 했다.

광일 : 사실 회사 부분은 나도 좀 신경이 쓰이긴 해. 끝까지 믿을 수 있을지도 잘 모르겠어. 3년을 일했으니까 퇴직금 받고서 방송 일을 그냥 접어버릴까 생각도 했는데, 그럼 안 되겠지? 그래서 내가 전부터 당신보고 자격증 좀 따놓든가, 학교를 다시 다니라고 했잖아. 당신이 안 한 거지.

영미 : 애들 봐주는 사람도 없었잖아. 솔직히 국가 고시 자격증 따려면 그것에만 집중해야 하고, 당신이 말하는 국가 고시는 몇 년씩 공부해야 딸 수 있는 건데……. 당신도 일하고, 나도 누가 아이들 봐줄 사람이 없잖아. 그래서 불가능하다는 거 당신도 알고 나도 아는데 그냥 대학교 다니라고 이야기만 하면 어떡해.

광일 : 알지. 아니까 답답해서 더 그러는 거야. 내가 언제까지 이 생활을 더 할 수 있을지도 모르겠고 이제 거의 끝물인 것 같아. 요즘 편집하는 게 너무 힘들다. 당신도 알잖아. 촬영 2주 다녀

오면 고작 하루 쉬고, 일주일을 편집에 매달려야 하는 거. 나 이제 사십 바라보고 있어. 체력이 안 따라줘서 많이 힘든데 이런 상태로 계속 살 수도 없잖아. 나도 힘들고, 당신도 힘들고, 애들도 커가는데…….

영미 : 근데, 여행보다 당신 병원부터 가야 하는 거 아냐? 전부터 계속 하혈한다고 그랬었잖아. 다른 곳도 안 좋으니까 시간 있을 때 병원 같이 가기로 했었는데…….. 기억 못 하는 거야?

광일 : 아냐, 알고 있어. 근데 지금은 괜찮아. 그건 스트레스 받을 때 그런 거고, 너무 오래 앉아서 편집하면 그런 거라서 좀 지나면 괜찮아져. 그러니까 당신 몸 신경 좀 써. 당신이야말로 종합병원이라 계속 나가서 일해도 걱정이야. 병원은 나중에 쉴 때 꼭 갈게.

그 당시에도 이 사람은 본인의 몸 따윈 안중에도 없었다. 그저 건강보다 항상 일이 우선이었고, 집에 잘 못 들어와서 내게 늘 미안하다며 나와 아이들 생각뿐이었다. 그 걱정은 늘 어딜 가나 그 사람의 꼬리표처럼 붙어다녔다.

살다 보면 모든 가정이 그렇듯 서로에게 서운한 점도 많고, 싸우기도 하고, 서로 애틋해지기도 하며, 사랑을 속삭이면서 내가 아닌 상대방이 더 우선이 되어간다. 그런 과정 속에서 부부라는 두 사람은 서로 닮아간다.

'닮아간다'는 말이 어떻게 들으면 참 듣기 좋은 말인 것 같다.

좋은 것만 닮아야 하는데 간혹 나쁜 것들을 닮아가기도 한다. 하지만, 그런 일련의 시행착오를 겪으며 우리는 더 많은 것을 배워 갈 것이고, 더 나은 것을 찾아갈 것이기 때문에 나는 이 말이 꼭 나쁜 것이란 생각은 들지 않는다.

나도 모르게 그의 삶을 내 속으로 흡수하고 있었다. 아니 '하고 있었다'보다는 '했다'라는 표현이 더 맞을 것 같다. 내가 좋아하고 사랑하는 사람에게 서서히 물들어간다는 것은 그만큼 상대방에 대한 배려가 녹아 있기 때문에 가능한 일일 것이리라.

사실 그 사람의 배려는 나에게만 해당하는 것이 아니었다. 모든 사람에게 공통으로 해당되는 말이었다. 그게 가끔 섭섭하기도 했지만, 이해는 됐다. 아니 이해할 수밖에 없었다. 그 사람이 살아온 방식이기 때문에 존중해줘야 한다고 생각했다. 내가 그렇게 판단하고 결정을 하게 되면 그 사람도 분명히 그렇게 했을 것이기 때문이다. 그렇게 우리는 서로를 닮아가고 있었다.

그는 자신의 생활신조인 "오늘 하루를 살아도 마지막 순간처럼 악착같이 열심히 살아야 한다!"를 다시 한 번 말하면서 꼭 갔으면 좋겠다는 말을 늘어놓았다.

광일 : 돈이야 있다가도 없는 거고, 없다가도 있는 건데 크게 신경 쓰지 말자. 내가 항상 이야기했지? 하루를 살아도 오늘을 마지막처럼 열심히 살아야 한다고. 나는 적어도 오늘이 마지막이다 생각하고 살고 있어. 그래서 지금 아니면 아무것도 못할지 모른

다고 생각해. 먹는 것도 앞으로 못 먹는다 생각하고 악착같이 먹는 이유가 그런 거라고. 그리고 지금 애들하고 같이 다녀야지 애들이 더 크면 해외든 어디든 함께 다니기 힘들 것 같아. 일단 우리 적금 깨서 다녀오고, 그리고 다시 적금 들면 될 것 같아. 너무 깊게 생각 하지 말자. 애들한테도 좋은 경험이 될 테니까.

영미 : 그런데 알아보니 여권 만드는 데 돈이 필요한데 지금 수중에 현금 가지고 있는 걸로 사진 찍고, 여권까지 만들기엔 부족한데…….

광일 : 애들 여권이 문제네. 아직 편집 중이라서 내가 은행에 가려고 해도 다음 주 월요일이나 은행에 갈 수 있을 것 같은데…….

영미 : 그럼 일단 사진만 찍어놓고 있을게. 어떻게 될지 모르니까.

광일 : 알았어. 내가 알아볼게. 일단 걱정하지 말고 기다려봐.

영미 : 당신 《고부 열전》 마지막 편 편집도 해야 하는데 너무 무리하는 거 아닐까?

광일 : 걱정 마. 나 괜찮으니까. 다시 연락할 테니까 기다리고 있어봐. 사진은 찍어놓고.

영미 : 응.

그는 "세상의 중심은 바로 나다. 내가 중심에 있을 때 비로소 세상은 돌아가기 시작한다."라는 신조로 삶을 살아왔다. 세상 속 어딘가에서 촬영하고 있을 때 비로소 본인이 살아 있음을 느끼고 세상의 중심에 서 있는 것 같다고 했다. 그래서 하루하루 살아 있음에 감사한다고. 그래서 무슨 일이든 성실하게 열심히 악착같이 살았다.

사랑하는 사람이 떠나간 후 살아갈 용기가 없었다. 너른 들판 위에 혼자 덩그러니 남아 있는 것 같아 펑펑 울고 싶었다. 남겨진 나에게 주어진 임무란 푸른 하늘 저 끝에 있을 당신을 기억하는 일.

그·래·서 나는 나와 당신 그리고, 우리의 이야기를 쓰고 있다.

문득, 라디오에서 익숙한 음악이 흘러나온다.

여기 우리의 얘기를 쓰겠소
가끔 그대는 먼지를 털어 읽어주오

어떤 말을 해야 울지 않겠소
어떤 말을 해도 그댈 울릴 테지만
수많은 별을 헤는 밤이 지나면
부디 아프지 않길

　　　　SG워너비가 부른 〈우리의 얘기를 쓰겠소〉 중에서

당신과 나의 이야기를 적으면 누군가 우리의 이야기를 기억해 주려나.

좋아하는 것과 싫어하는 것

그는 1960~1970년대 음악을 좋아했다. 고기를 좋아했다. 깻잎도 좋아했다. 쌈을 좋아했다. 조기(굴비)를 좋아했다. 치킨을 좋아했다. 먹는 것이라면 마다하지 않고 좋아했다. 술을 좋아했다. 국밥을 좋아했다. 전라도 음식을 좋아했다. 시골을 좋아했다. 여행을 좋아했다. 자연을 좋아했다. 사람을 좋아했다. 가족을 좋아했다. 오영미를 사랑했다. 자신의 아이들을 사랑했다. 자신의 일을 숙명처럼 생각했다. 그리고 또 어떤 것을 좋아했을까.

고기 중에서는 삼겹살을 유난히 좋아했다. 그 흔한 삼겹살도 어딜 가나 항상 굽느라 제대로 먹지를 못했다. 다른 사람들이 왜 안 먹느냐고 물어보면 자신이 고기를 잘 굽기 때문이라고는 했지만, 나에게만은 솔직하게 이야기했었다. 아무도 구울 생각을 안 하고 먹기 바쁜데 내가 나서서 하지 않으면 구울 사람이 없어서 고기를 구웠다고. 그리고 먹으려고 하면 여러 사람이기 때문에 먹을 시간이 없어 사람들이 다 먹고 나면 뒤늦게 조금 먹었다고 했다. 그래서 집에서 악착같이 먹었던 것 같다. 그는 모든 고기는 바짝 구워서 먹어야 제맛이라며 먹었는데 사실은 익었는지 안 익었는지 잘 모르고 고기 맛을 제대로 잘 몰라서 다 똑같다고 말했다. 다 다른데, 다 같은 맛처럼 느껴져서 그중에서도 제일 저렴하고 흔한 삼겹살이 제일 좋다고 했다. 상추를 유난히 싫어하는 그 사람이지만 깻잎은 향이 입안에 퍼져서 좋다고 했다.

깻잎도 커다란 거 두 세장을 펼쳐놓고 그 위에 고기 두세 조각, 고추, 마늘, 마늘종, 쌈장, 파 채, 김치 등 잔뜩 넣고 입안 가득 밀어 넣어야 먹는 느낌이 든다며 늘 그렇게 먹었다. 진짜 며칠 굶은 사람처럼 잘 씹지도 못할 정도로 입안에 마구 밀어 넣고 씹어 먹는 모습이 가끔 안쓰럽기도 했다. 먹고 나면 늘 체했으니까. 그러면서도 악착같이 먹었다. 촬영을 가고 편집을 가면 밥도 제대로 먹지 못하고, 그렇게 일을 해야 했으니까 그럴 수밖에 없었을 것이라 생각하고 있다.

생선 중 유일하게 조기는 먹어도 질리지 않는다며 좋아했다.

어릴 적 힘들었던 시절을 이야기하곤 했다. 시장에서 살았는데 너무 가난해서 제대로 먹지도 못하고 악착같이 살았다고 말했다. 어머니가 생선 대가리와 버려진 야채를 주워 와 국을 끓이고 반찬을 해주셨고, 그 시절 잡곡이 더 저렴했는데 특히나 콩밥을 늘 먹었다고.

그래서 콩밥은 죽어도 먹기 싫단다. 반면 나는 콩밥을 좋아하는데 특히나 콩밥에 있는 콩을 유별나게 좋아한다. 내 유년 시절 언니와 동생은 콩밥을 너무 싫어해서 나에게 콩만 건져줬던 기억이 있다.

이 사람은 어릴 때 치킨이 너무 먹고 싶었다고 했다. 옆집에 치킨집을 하는 친구가 있었는데 그 여자아이가 동생을 좋아해서 동생만 몰래 데려가서 치킨을 먹였다고 그 여자애를 별로 안 좋아했다고 했다. 그래서 그때부터 치킨에 집착하게 된 건가 보다.

그는 치킨도 부드러운 닭 다리, 날개, 목을 좋아하고 가슴살은 퍽퍽해서 싫어했다. 반대로 나는 닭 다리, 날개, 목을 싫어하고 퍽퍽한 가슴살을 정말 좋아했다. 우린 치킨이나 밥을 먹을 때 전혀 싸울 일이 없었다.

또 그 사람은 여행가는 것을 좋아했지만, 결혼 후부터는 그럴 수 없었다. 가정이 있다는 것은 내가 하고 싶은 일보다 양보를 더 많이 하고, 배려하면서 내가 하지 못하는 일이 더 많아지는 그런 것이었다.

무슨 일이 있어 답답하면 내게 손 내밀어 이야기하고, 함께하면서 풀었다. 때때로 말을 하지 못하는 상황도 다반사였는데 그럴 때면 그는 늘 술과 함께였다. 술은 자신을 배신하지 않는다고 했다. 힘들 때, 기쁠 때, 아플 때, 일상생활에 늘 곁에 있어서 술은 절대 못 놓겠다고 말이다.

한번은 그가 MBC《생방송 오늘 아침》PD로 일할 때의 일이다.

아이템이 수산물의 원산지를 속이는 수산 시장에 대한 이야기였고, 소래 포구에 몰래카메라를 들고 일주일을 출퇴근하면서 촬영했다. 자신이 하던 일을 접고 시장에서 조그맣게 생선 장사를 하려고 하는 청년으로 거기에서 장사하는 분들에게 소개했었다고 했다. 소래 포구에서 장사하는 수산물 시장 상인들은 정말 상세히 설명해줬다. 나무 궤짝에 들어오는 생선, 스티로폼에 들어오는 생선은 원산지가 어디인지, 중국산이 국내산으로 변해서 판매가 되는 과정은 어떻게 되는지, 물건을 싸게 떼어오는 방법 등을 소래 포구의 상인들은 자세히 설명해줬다고 한다. 그렇게 한참을 취재했다. 그리고 마지막 날 리포터와 해양수산부 원산지 특별 단속원과 함께 찾아갔을 때 소래 포구 상인에게 칼을 맞을 뻔했고, 다시는 그곳에 못 간다고 이야기했다. 방송 때문이었지만 그래도 자신 때문에 생계를 잃고 살아야 하는 사람도 있었을 것이라, 마음에 죄책감이 들어 맨 정신으로 있을 수가 없어 그날도 술과 함께했었다.

또 약장수에 대한 아이템으로 촬영을 위해 약장수 소굴에 몰래 카메라를 가지고 들어가 조폭들과 대면하면서 면접도 봤었다. 정말 많은 사건 사고가 있었고, 그사이에 늘 술이 함께했다.

또 사람을 좋아해서 여러 사람들에게 술을 사고, 대화하는 것을 좋아했다. 주변 사람들과 한번 인연을 맺으면 쉽게 놓는 법이 없었다.

윗사람에게 잘 보여서 뭔가 이득을 취하는 건 옳지 않다고 절대 하지 않았고, 촬영 현장에서도 똑같이 해왔다. 그렇게 세상에 저항하며 십여 년이란 세월 동안 방송 PD로 안간힘을 쓰면서 버텨왔다.

방송 PD로 십여 년, 결혼 생활 10년.

그사이 많이 커버린 아이들, 나이를 먹으면 먹을수록 가족의 빈자리와 애틋함이 더 간절하게 느껴졌는지도 모르겠다. 남의 가족을 찍고, 그들의 이야기를 듣는 동안 아마 뭔가 잘못되고 있음을 크게 느껴서 이번엔 우리 가족을 주인공으로 이야기를 완성해보고 싶었던가 보다.

아이들의 여권 제작을 위해 돈을 빌린 그에게서 연락이 왔다.

광일 : 지금 내 통장에 돈 들어왔거든. 그걸로 빨리 가서 사진 찍고 여권 만들어.

영미 : 응. 그런데 돈은 어떻게 빌렸어?

광일 : 선배한테 내 상황 이야기 좀 했어. 일단 나 월급 들어오는 거랑 적금 깨면 그걸로 선배 돈부터 갚고 진행해야지 뭐.

영미 : 당신이 정말 고생이 많아. 생활이 참 힘들다.

광일 : 걱정하지 마. 다 잘될 거야.

영미 : 나라도 제대로 된 일을 구해야 할 텐데 그게 안 되니까 더 힘든 것 같아서 미안해. 요즘에 나도 일이 없어서……

광일 : 나아지겠지. 여행 다녀오면 우리 제대로 다시 시작해보자.

영미 : 그래, 입에 풀칠이야 못하겠어? 일단 여권 만들면 다시 연

락할 테니까 당신은 피곤하면 좀 자고서 일해. 그러다가 진짜 쓰러지겠다. 맨날 뒷골 당긴다면서.

광일 : 괜찮아. 집에 가면 자기가 내 손이랑 허리랑 다 주물러줄 테니까. 그리고 내 옆에 자기만 있으면 돼. 내가 왜 결혼했는데. 난 그 낙에 사는 거야. 얼굴 못생기고, 뚱뚱하고, 애 둘 딸린 유부녀를 나만큼 생각하고, 사랑해주는 사람 있으면 가! 보내줄게.

영미 : 애 둘 딸리고, 못생기고, 수박처럼 배가 툭 튀어나오고, 집에도 잘 안 들어오는 남자를 나만큼 사랑해주고 챙겨주는 여자 있으면 당신도 가~ 내가 보내줄게!

광일 : 헉! 어떻게 해.

영미 : 왜?

광일 : 귀여워. 나 집에 가고 싶어. 자기 품에 안겨서 자고 싶다. 너무 보고 싶다.

영미 : 집에 왔다가 가면 되잖아.

광일 : 내일 내부 시사*가 있어서 안 돼…….

영미 : 아, PD란 직업 참 힘들다.

광일 : 나 열심히 일하고 갈 테니까 문단속 잘하고, 나 갈 때 예쁘게 하고 기다려. 알았지?

영미 : 응, 알았어. 몸조심하고 밥 좀 챙겨먹고.

---

* 영화나 광고 따위를 일반에게 공개하기 전에 심사원, 비평가, 제작 관계자 등의 특정인에게 시험적으로 보이는 일.

광일 : 응. 사랑해.

영미 : 나도 많이 사랑해.

참 어려운 과정이었다.

여권을 만들어야 했는데 수중에 가진 돈이 별로 없어 그것조차 녹록지 않은 현실 속에서 겨우 다음 일을 진행할 수 있었다. 아이들 여권 사진을 찍었고, 구청에 가서 여권을 만들었다.

그리고 2016년 10월 6일부터 11일까지 항공권을 예약한 후 비행기를 타고 베트남 호찌민시로 향했다. 난 창피하지만 생전 처음으로 떠난 해외여행이라 무척 설레었고, 긴장도 됐다.

기대감과 설렘이 가득한 첫 번째 가족 여행이 계획에서 여행까지 빠르게 진행됐다. EBS의 《다문화 고부 열전》을 만드는 PD로 촬영을 많이 다녔던 베트남! PD 김광일 덕분에 정말 많은 것을 누리면서 즐기다 왔다.

한번은 베트남에서 쌀국수를 먹는데 고수를 잔뜩 넣어서 먹는 아빠에게 딸이 물었다.

다은 : 아빠, 그건 뭐야?

광일 : 고수라는 향이 진한 식물이야. 쌀국수에 넣어서 먹으면 정말 맛있어. 먹어볼래?

다은 : (먹어보더니) 으~ 맛이 왜 이래!

광일 : 이게 뭐가 맛이 없어? 정말 맛있는데~ 다은이는 아직 멀

었네.

다은 : 응? 뭐가 멀었어?

광일 : 고수가 되려면 멀었다고.

다은 : 그건 어떻게 되는 건데?

광일 : 고수가 되려면 진짜 고수를 잘 먹어야 될 수 있어.

다은 : 아, 진짜? 그럼 나 그거 다시 먹어볼래. 나도 고수가 되고
싶어.

뭐든 잘 먹기를 바라는 마음에 아빠가 한 말장난이었지만, 아홉 살인 다은이는 그 말을 진심으로 받아들였다. 그때부터 고수를 조금씩 먹게 된 아이는 한국 마트에서 가끔씩 만날 수 있는 고수를 볼 때마다 아빠가 했던 말을 떠올리며 다른 사람에게 말하곤 한다.

5박 6일이란 시간이 금방 지나갔고, 못한 것은 나중에 하러 다시 오자고 그렇게 약속을 하고 한국으로 돌아왔다. 아이들에게 우리 가족 여행 중 베스트를 꼽으라면 비행기를 타고 다녀온 베트남 여행이라고 말한다. 그만큼 아이들에겐 아빠와 함께한 더없이 소중한 시간이었을 것이다. 이제는 다시 할 수 없는……

미국 출장

김광일이란 사람은 책임감이 엄청 강한 사람이었다. 남자로 책임감이 강했고, 이 세상에 존재하는 한 사람으로 자신감이 넘치는 사람이었다.

사실 어릴 적 상처가 가슴 한쪽에 자리 잡고 있지만, 올곧게 성장해 정당하고 옳은 일을 하나씩 해나가는 성실한 사람이었던 것으로 나는 기억하고 있다.

가장이다 보니 생계를 위해서 어쩔 수 없이 가정생활보다 일이 먼저였던 그였다. 그 점은 참 아쉬운 부분이기도 하나 어쩔 수 없다는 것을 알기에 수긍할 수밖에 없었다.

비단 이 사람뿐 아니라 독립 PD들은 대부분 이렇게 산다.

그래서 집에 자주 들어오지 못하는 그 사람 대신 아이들을 데리고 편집을 하고 있는 그 사람을 찾아가곤 했다. 두세 시간이 걸려도 나와 아이들은 얼굴이라도 잠깐 보기 위해 남편이 일하는 종편실, 편집실, 촬영장으로 향했다. 우리에게 주어진 시간은 길지도 않았고, 딱 10분 정도였다. 무슨 병원 면회 같았지만, 우리는 그래도 서로를 볼 수 있다는 생각에 10분조차 행복했다. 편집할 시간이 너무 부족했기 때문에 아이들과 함께 밥 먹을 시간조차 없었고, 밥도 못 먹이고 집으로 돌려보내야 하는 그 사람의 마음은 오죽했을까 싶다.

떨어져 있기 싫어서 함께하고 싶어서 결혼을 했건만, 그렇게 우리는 떨어져 있는 일이 당연한 일상이듯 서로를 그리워해야 했다. 그렇게 시간은 흘러 2017년이 됐다.

결국 우려했던 일은 현실이 되었고, EBS 《다문화 고부 열전》이라는 프로그램을 제작했던 제작사에서 이 사람을 다시 부르는 일은 없었다. 그러다 박환성 PD님과 EBS 《다큐 프라임》〈야수의 방주〉를 찍기로 약속을 하고 진행을 했다. 박환성 PD님 사무실을 찾아갈 때면 그 사람은 항상 나와 아이들을 데리고 홍대로 향했다. 일이 있어서 함께 간 것은 아니었다. 그냥 늘 그래왔듯이 같이 있고 싶어서 함께 간 것일 뿐. 우리는 또 그곳에 가서 당연한 듯 기다렸다.

그리고 EBS 《다큐 프라임》〈야수의 방주〉 회의를 진행하고 미국 촬영 일정이 잡혔다.

2017년 5월 24일부터 6월 3일까지 1부 '세실의 후예'에 대한 내용을 바탕으로 촬영이 진행됐다. 2016년 짐바브웨의 국민 사자 '세실'이 미국의 관광객이 쏜 총에 맞아 죽은 사건을 바탕으로 사자 전문 수의사들과 맹수 전문 재활사들의 활약에 대한 내용이었다.

하지만, 일이 잘못되려고 처음부터 그렇게 꼬이기 시작했던 걸까.

미국으로 촬영을 가기 위해 인천 공항에서 비행기를 탔고, 중간 경유지에서 비행기 연착으로 대기 시간이 길어졌다. 원래 계획했던 일정대로 움직일 수 없었고, 촬영조차 제대로 할 수 없었다. 박환성 PD님을 생전 만나본 적은 없지만, 대충 어떤 사람인지 알 수도 있을 것 같았다. 그 사람의 말을 빌리자면 그 당시 비행기 연착으로 스케줄은 많이 밀렸고, 기약 없이 반나절을 공항에서 덜덜 떨면서 기다려야 했다. 엄청 화가 난 박환성 PD는 항공사에 계속 따졌지만 아무것도 할 수가 없었다. 기다리는 도중에 그 사람이 연락을 했다.

광일 : 호텔이 없네. 비행기는 아침에나 탈 수 있다고 하는데 공항에서 기다려야겠다. 앞으로 7시간…….

7시간을 공항에서 버텨야 한다는 말에 나는 한숨을 내쉬었다. 미국은 지금 춥다던데 어떻게 버틸지 걱정돼 물었다.

광일 : 춥고 배고프다.
영미 : 밥 안 먹었어? 바람막이 어떻게 했어? 거기는 숙소 없대?
광일 : 바람막이는 짐 가방에 들어 있어…… 비행기ㅜㅜㅜ 밥은 먹

을 곳이 없네.

영미 : 그럼 숙소라도 가 있어야지.

광일 : 항공사에서 자기들 잘못이라고 숙소 알아봐준다고 하더니 찾아보니까 없대.

영미 : 그럼 계속 공항에 있어야 한다고?

광일 : 응.

최근 들어 추위를 잘 타는 그 사람을 보며 내가 항상 했던 말이 추울지도 모르니 날씨 확인 잘하고 준비해서 가라는 말이었다. 그렇게 비행기가 연착됐고, 공항에서 아침이 되길 기다리며 추위를 참고 또 참았다. 그런 과정에서도 일은 제대로 해야 한다는 강박 관념에 시달리고 있는 박환성 PD와 그 사람 모습이 자꾸만 머릿속에 떠올랐다.

그렇게 짧은 것 같은 긴 시간이 흐르고 6월 3일 한국으로 다시 돌아왔다.

나는 내 책의 출판 기념회가 있었던 터라 마중을 가지 못했고, 늦게 집으로 돌아와 그 사람을 맞이했다. 집에 들어오자마자 잠들어 있는 그 사람을 마구 깨웠다. 한참을 못 봤으니 잠들어 있는 모습보다 깨어 있는 모습을 보려고 일부러 깨웠다. 늦게 왔다고, 더 자고 싶은데 깨웠다고 투덜거리는 모습도 좋았다.

광일 : 나 엄청 오래 기다렸는데…….

영미 : 미안~ 우리 뭐 먹을까? 미국에서 제대로 못 먹었지?

광일 : 응. 근데 와인은 뭐야?

영미 : 출판된 책이 와인과 관련된 내용이라서 저자들에게 한 병씩 주더라고.

광일 : 근데, 난 와인 맛없던데~

영미 : 사실, 나도 아직 와인은 잘 몰라서……

  우리는 계속 주거니 받거니 이런저런 이야기를 주고받은 후 늦은 밥을 먹으며 와인을 한 잔씩 하고 있었다. 미국에서 비행기 결항으로 공항 내에서 추위에 떨며 기다렸던 이야기, 밥도 제대로 못 먹고, 촬영 일정이 밀려서 항공사와 싸웠던 이야기, 비가 와서 촬영을 제대로 하지 못했고, 촬영하는 도중 새끼 곰이 어깨 위로 머리 위로 올라타서 장난을 치고 그 덕택에 다행히 촬영을 마칠 수 있었던 후일담을 한참 동안 이야기했다.

남아공으로 가다

박환성 PD님은 EBS에서 정부 지원금 일부를 간접비 명목으로 EBS에 귀속을 요구했던 일을 폭로함과 동시에 방송사의 부당한 간접비 요구 관행에 대해서 문제 제기를 하고 있던 상황이었다.

블루라이노 픽처스와 EBS는 2016년 8월 50분짜리 2부작 다큐멘터리 《다큐 프라임》〈야수의 방주〉라는 이름으로 계약을 했다. 계약금은 편당 6,970만 원으로 총 1억 3920만 원이었다. 계약하기 전 EBS 측 담당자가 박환성 PD님에게 제작비는 어떻게 할 것인가라는 질문을 해왔고 그는 독립 창작자들에게 지원되는 정부 지원 사업에 응모할 것이라고 말했다. 그렇게 2017년 2월 미래창조과학부와 한국전파진흥협회(RAPA)에서 실시한 '차세대 방송용 콘텐츠 제작 지원 사업'에 지원을 했고, 4월 25일 지원작으로 최종 선정됐다. 조건은 UHD로 제작해야 한다는 것과 올해 하반기에 방영해야 한다는 것이었다. 이 사실을 EBS에 알렸고, EBS는 두 가지 조건을 제시했다고 했다. 하나는 제작비의 40%를 간접비 명목으로 EBS에 입금해야 한다는 것이었고, 또 하나는 한국전파진흥협회와 블루라이노 픽처스*의 제작 협약서에 〈야수의 방주〉의 저작권은 블루라이노 픽처스가 갖도록 되어 있는데 이것을 EBS가 저작권을 갖도록 고쳐달라는 내용이었다. 저작권 문제를 한국전파진흥협회에 문의했는데 변경은 불가능하다고 답변을 받았고, EBS가 요구하는 부분은 제작사와 방송사가 알아서 협의할 부분이라고 했다. 박환성 PD님은 해당 문구를 수정할 수 없다는 한국전파진흥협회의 의사를 EBS에 전했다. 그러자 EBS는 블루라이노 픽처스가 자신들과 상의 없이 다른 곳에서 지원을 받아 일을 진행한 것은 엄연한 계약 위반이라고 했다.

이전에도 2009년 EBS 《다큐 프라임》에서 방영된 〈말라위, 물위의 전쟁〉 등 EBS에서 방영된 모든 다큐멘터리의 저작권이 EBS에 있었다.

여기까지가 당시 힘들어했던 박환성 PD님의 이야기를 듣고 나에게 전했던 그 사람의 말이었다. 그런 일련의 과정을 거쳐 간접비 명목을 운운하며 큰 사건이 시작됐고, 박환성 PD님의 심기가 불편한 상태에서 힘든 촬영 일정이 진행되고 있었다.

---

* 박환성 PD가 대표인 방송 프로그램 제작 업체.

마지막으로 남아공으로 출국하기 이틀 전, 박환성 PD님은 사람들을 블루라이노 픽처스로 불러 모았다. 남아공으로 출국을 하게 됨과 동시에 한국에서도 독립PD협회 PD들과 방송불공정위원회에 대한 것을 함께 진행하고자 했기 때문이란다.

많은 사람들이 모였고, 그곳에 다녀온 이 사람은 괜히 간 것 같다는 말을 했다.

"나, 이런 적이 없었는데 거기서 단체 사진도 찍고, 내 이야기를 너무 많이 했나 봐. 흔적을 남겨서 자꾸 신경 쓰이네."

사실 자신에 대한 이야기를 밖에서 잘 안 하는 사람이다 보니 그날은 자신이 말을 너무 많이 했다며 계속 후회를 했다. 대체 무슨 말을 했기에 자기가 갈 자리가 아니었다고 하면서 후회를 하는 걸까.

그리고, 출국 당일.

그 사람은 남아공 출국을 앞두고 계속 불안해했다.

나 역시 그 사람이 가지 않기를 바라고 있었다.

"아, 이상하게 발걸음이 너무 무겁다. 왜 이런지 모르겠네. 너무 가기 싫다. 나 어떡해. 시간이 가긴 할까, 날짜도 너무 길고, 근데 가야겠지? 발걸음이 너무 무거워. 왜 이런지 모르겠어……."

말이 많은 사람이 아닌데 이상할 만큼 말을 많이 했다.

"그럼, 지금이라도 안 가면 안 돼?"

갑자기 그 사람의 전화벨이 울린다.

"하, 선배님이다."

"광일아, 어디고?"

"이제 나가려고요."

"짐 별로 없으니까 홍대로 오지 마, 그냥 공항에서 보자."

"네. 이따가 뵙겠습니다."

선배의 전화를 끊은 그 사람은 한숨을 길게 내쉬고, 잠시 동안 정적이 흘렀다.

나는 이사 가는 이야기를 했고, 약간의 말다툼과 함께, 그렇게 그 사람을 안아주지 못하고 떠나보냈다. 결국, 잡지 못했다.

7월 8일 토요일 오후 4시 40분의 남아공 비행기가 연착이 됐고, 출국을 앞두고 그 사람과 마지막 통화를 했다.

"미안해, 혼자 두고 가서. 나 이제 비행기 타러 가. 나 없는 동안, 집 잘 지키고, 밥 잘 먹고, 이사 잘하고, 일 열심히 하고 있어. 금방 돌아올게. 밥 꼭 챙겨 먹고! 알았지? 사랑해."

"나도 괜히 화내서 미안해. 혼자서 이사를 해야 하는데 당신이 없어 너무 막막해서 그랬던 것 같아. 한 달이란 기간을 어떻게 기다리냐……"

우리는 그렇게 서로를 그리워하고 있었다.

나는 사랑하는 당신을 제대로 안아주지 못했고, 그렇게 뒷모습만 보고 떠나보낸 게 자꾸만 마음에 걸렸다.

그리고, 9일 잘 도착했다고 연락이 왔다.

당신이 곁에 없을지도 모른다는 것을
미리 알았더라면……

7월 15일 새벽에 꿈을 꿨다.

이미 출국 이틀 전 폐차를 해서 차가 없는데 마당에 빈 주차장에 SUV 중형차 한 대가 서 있었다. 차는 유리창이 깨져 있었고, 문 쪽이 조금 찌그러져 있었다.

누구 차인지 모르는 차가 마당에 서 있는 걸 이상해하며 집으로 들어왔다.

긴팔에 점퍼, 긴 바지를 입은 채 잔뜩 화가 난 그 사람이 흥분한 채 나에게 뭐라고 큰 소리로 말을 하고 있다. 그러나 아무런 소리도 들리지 않는다. 화가 났으면 무슨 말이라도, 소리를 지르는 것이라도 들려야 하는데 전혀 들리지 않는다.

그렇게 그 사람과 함께 차가 있는 곳으로 이동을 했고, 차 앞에서도 그 사람은 차를 가리키며 뭐라고 이야기를 했으나 들리지 않는다.

'대체 무슨 말을 하고 싶었던 걸까?'

정말 이상한 꿈이었다. 잠에서 깼는데도 자꾸 이상한 기분이 감돌아 그 사람에게 연락을 했다.

이곳과 시간이 조금 다른 나라라서 혹시 피곤해서 자고 있을지도 모른다는 생각에 연락을 하고서도 계속 기다렸다. 하지만 그날 저녁이 됐는데도 연락이 없었다.

새벽에 꾼 꿈이 이상했지만 설마 무슨 일이 있을까 싶었다. 그 사람이 항상 하던 말을 떠올렸다. 늘 어딜 가나 부모님이나 친구들에게 연락이 오면 그 사람은 "무소식이 희소식이야."라며 장난스럽게 말했었다. 무소식이 희소식인 거니까 잠시만 기다려보자!

남아공에서 혹시 무슨 일이 있는지 인터넷을 검색했으나 아무런 기사도 검색되지 않았다. 다행이었다.

다음 날인 16일, 일요일이라고 친구가 우리 집에 놀러 왔다.

"정말 이상해. 그 사람이 남아공에서 힘들다고 했는데 어제 새벽에 연락이 되고부터 연락이 안 되네."

"별일 없을 거야. 무슨 일 있으면 연락이 왔겠지. 걱정하지 마."

무슨 이야기를 해도 남아공에서 연락이 와야 무슨 답이라도 들을 수 있으리라.

이렇게 연락이 안 된 적이 없던 터라 계속 신경이 쓰였다. 전화 연락을 취했으나, 연락이 닿지 않아 결국 또 문자를 보내놓고 기다리고 있었다. 왜 자꾸 연락이 안 될까.

7월 19일 수요일이 됐고, 이른 아침부터 분주하게 움직였다. 회사에 시사를 하러 가면서 "시사하러 회사 가는 길"이란 문자를 보냈다. 여전히 연락이 없었다.

회사에서 시사를 끝내고 점심을 먹으러 이동하는데 모르는 번호로 전화가 왔다.

"여보세요."

"누구세요?"

"오영미 작가님 되시나요?"

"네, 그렇습니다만."

"저 한국독립PD협회 협회장 송규학 PD라고 합니다."

"네. 그런데요?"

왠지 불길했다. 전날 밤 이미 주변 사람들로부터 그 사람을 아는 다른 PD들이 내 전화번호를 수소문한다는 이야기를 들었기 때문이다.

처음엔 왜 내 전화번호를 물어보는지 너무 걱정이 됐다. 그러나 그들에게서 연락이 없어 별일 아니겠지 하며 넘어갔었는데…….

너무 불안해지기 시작했다. 듣고 싶지 않았다. 모르는 게 더 나을 것 같았다. 나는 그 자리에 주저앉아 펑펑 울기 시작했다. 말도 안 되는 일이 나한테 벌어질 것 같아 듣고 싶지 않았다.

"저, 어떻게 말을 꺼내야 할지 모르겠는데……."

잠시 정적이 흘렀다.

내 두 손은 이미 떨리기 시작했다.

"김광일 PD님이 남아공에서 교통사고로 사망하셨다고 연락을 받았습니다."

"……네? 그, 그게 무슨 말도 안 되는 일…… 아니, 거짓말이 죠? 거짓말 하시는 거죠? 무슨 말도 안 되는 소리를 하세요!"

"죄송합니다. 더 드릴 말씀이 없습니다. 일단 저희도 상황을 알아보고 있는 중이에요. 죄송합니다."

계속 죄송하다며, 미안하다며, 어쩔 줄 몰라 하고 있었다.

나는 회사에 이야기를 하고 그대로 가방을 들고 집으로 왔다.

'당신이 곁에 없을지도 모른다는 것을 미리 알았더라면,
만약 그랬다면 이 모든 결과가 달라질 수 있었을까?'

슬피 우는 새

가슴에 새가 들어 있어
이미 오래전부터 둥지를 틀고 제 집인 양 드나들고 있어
새는 원래 그 자리에 있었던 것처럼 살고,
나는 그 새를 받아들였지
그러다 문득 고개를 들어보니

무더운 여름날,

둥지를 튼 새는 저 멀리 떠나고 빈 둥지만 덩그러니 있네

가슴에 둥지를 틀었던 나의 작은 새는 어디로 간 걸까.

그는 내 곁을 떠났다

나는 분명히 7월 19일 수요일 오전 11시 40분에 사고 소식을 통보받았다. 그날 사망한 것도 아니었고, 사고가 난 지 4일이나 지난 뒤에 그 말을 들을 수 있었다.

현지 시각으로 14일 20시 45분, 우리나라 시각으로 15일 새벽 3시 45분에 그랬다는데 정말 화가 났다. 대체 이 답답함을 누구에게 호소할 수 있겠는가.

한국독립PD협회(이하 독립PD협회)의 이야기를 들어보니 현지 코디네이터에게 연락이 왔다고 했다. 두 PD가 촬영장에 나타나지 않아 촬영장에서 현지 코디네이터에게 연락을 했고, 그가 수소문을 하던 중 그 근처 경찰서에 연락해 사고가 있었다는 것을 알았다고 했다.

고(故) 박환성 PD 동생인 박경준 씨는 사고 소식을 20일 외교부에서 전해 들었고, 나는 19일 독립PD협회 송규학 협회장님께 전화로 통보받았다.

이 사건을 담당하는 남아공 한국대사관 영사에게서 전화가 왔다. 본인들도 이 사고 소식을 18일에 경찰서를 통해 통보받았다는데 이해가 안 됐다.

"안녕하세요. 남아공 한국대사관 영사인데요. 제가 19일 사건 현장에 가서 사건 조사를 진행하고, 시신을 확인했습니다."

그냥 그게 전부였다. 사건 경위가 어떻고 앞으로 어떻게 할지에 대한 답은 없었다. 내가 의문이 들었던 건 남아공 경찰이 분명히 차량에 있던 가방에서 여권으로 대한민국 국민임을 확인했음에도 불구하고 왜 모르쇠로 일관했는지 하는 것이다.

말로는 그 나라 경찰들이 이 사람들이 자국민이라고 생각하고 자국민 중에서 찾아다녔다고는 하는데 여권도 그렇고, 카메라 장비를 봐도 그렇고, 이상한 점이 한두 가지가 아니었을 텐데 왜 자국민이라고 생각했을까? 사고가 난 지 4일이 지난 뒤에서야 움직인다는 게 말이나 되는 것인지 모르겠다.

다음 날 오후 독립PD협회 송규학 협회장님과 만나기로 약속을 했고, 사고 소식이 전해진 이후 독립PD협회에서는 남아공 현지 병원에 안치된 두 PD를 한국으로 모셔 오기 위한 모금을 시작했다. 그 사람을 데려오기 위해 필요한 시신 운구와 장례식 비용 모금에 많은 사람들이 동참했다. 그 덕분에 이 사람을 만나러 가는 길, 금전적인 부담은 덜 수 있었다.

그리고 사고 소식을 접한 그날 밤 다시 꿈속에서 그 사람을 만났다.

집에서 밝고 환한 표정으로 몸을 움직이지 못한 채 시체처럼 누워 있었다. 내가 그 사람의 몸을 쓰다듬기 시작했다. 그 사람이 웃으며 나에게 말을 했다.

"당신 걱정할까 봐 말 못 했는데 나, 많이 만지지 마. 몸에 감각이 없어."

"어? 뭐라고?"

"감각이 없으니까 많이 만지지 말라고. 나 괜찮아. 걱정하지 마."

그 사람은 계속 웃었고, 나는 깨어나서 눈물을 펑펑 흘렸다.

결국 내 꿈에서조차 저승으로 떠나버린 본인보다 나를 더 생각하는 그 사람 때문에 너무 아팠다. 대한민국이 슬퍼했고, 울음바다가 되고 있었다.

그렇게 같이 아파하고 슬퍼해도 나는 그리움에 대한 갈증이 해소되지 않았다.

이런 사실을 믿을 수 없어서 어디에 호소할 수 없어서 본인에게 물어볼 수가 없어서 너무 답답했다. 내가 사랑한, 나의 그대는 이 세상에서 사라져버렸다.

우리나라 시각으로 벌써 사고가 난 지 5일 지나 20일이 됐고, 아무것도 못한 채 그저 지켜보고 있어야만 했다. 너무 답답했다. 각종 매스컴에서 이번 사고에 대한 기사가 여기저기서 나오기 시작했고, 결국 기정사실이 되었다. 인터넷을 켜면 여기저기서 다 그 사람과 박환성 PD의 사고 소식이 떴다. 물론 모금 때문에 그랬다는 것을 잘 알고 있다. 각종 매체에서 이 사건에 대해 떠들어대고 있을 때 지상파는 묵묵히 지켜보고만 있었다. 독립PD협회 송규학 협회장님과 복진오 PD, EBS 법무 팀 이종일 차장, 유무영 부장이 함께 와서 이런저런 이야기를 나눴다. 독립PD협회장의 말에 의하면 박환성 PD의 동생인 박경준 씨는 부모님이 부산에 계셔 먼저 만나고 돌아갔다고 했다. 함께 온 EBS 이종일 차장이 상황을 설명하고 앞으로 어떻게 진행될지 간략한 이야기를 나눴다. 유무영 부장은 기어 들어가는 목소리로 사과를 했다. 그런 현실에 속해 있어야 하는 난, 그 자리를 벗어나고 싶었다. 그나마 친언니와 동생이 곁에 있어서 다행이었다. 아무것도 듣고 싶지도, 말하고 싶지도 않았다.

사람이 죽고 사는 게 이렇게 쉽고 간단한 일인지 처음 알았다. 아직 시신을 마주하지 않았으니 모든 이야기를 듣는 게 많이 힘들었다. 내가 들은 소식이 가짜이고, 진실이 아니길 바라고 있었다. 그리고 나도 모르게 자꾸 뉴스를 들여다보며 울고 있었다.

뉴스에는 보도 내용이 추가됐다. 그들은 촬영을 마치고 숙소로 돌아가던 길이었다고 한다. 촬영을 마치고 숙소로 돌아가던 길에 반대편 차량의 졸음운전으로 사고가 나서 사망했다고 한다.

다 비슷한 내용이었지만, 볼 때마다 믿어지지 않았다.

나는 어떡하면 좋을지 걱정이 되기 시작했다.

*

'당신을 기다리던 난, 당신의 뜻하지 않은 비보를 접했다.

그리고 지칠 때까지 울고 또 울었다.

그리운 당신의 얼굴과 싸늘히 식어버렸을 당신을 떠올리며

어떻게 살아가야 할지 걱정이 됐다.'

7월 20일, 사고가 난 지 6일째가 됐다.

벌써 6일을 타국에서 보내고 있을 그 사람이 자꾸만 걱정이 된다. 하지만 아직 남아공 가는 날짜가 정해지지 않아 어떻게 할 방법이 없다.

이날, 독립PD협회와 유족들이 목동 방송 회관에서 만났다. 남아공으로 누가 가게 될지 어떻게 진행될지 대략적인 이야기를 하기 위해서였다.

나와 내 동생 영주, 김성욱 PD, 경준 씨 그리고 독립PD협회 송규학 협회장, 서민원 부회장, 복진오 PD, 권용찬 PD가 만났다. 사고 소식이 어떻게 독립PD협회로 들어오게 됐는지 그 경위에 대한 설명을 진행했다. 앞으로 독립PD협회에서 대책 위원회를 구성하여 장례 절차와 기타 다른 문제를 어떻게 해결할지 구체적으로 이야기를 나눴다.

송규학 협회장님이 다물고 있던 입을 여셨다.

"박환성 PD님 동생분인 박경준 씨와 먼저 이야기를 나눴습니다. 부모님께도 협회장에 대해서 말씀드렸는데 좋다고 하셨습니다. 김광일 PD도 장례식을 협회장으로 했으면 하는데 어떻게 생

각하시나요?"

협회장 이야기가 나왔다. 잠시 생각을 하고 입을 열었다.

"일단, 좋다고 봅니다. 괜찮을 것 같아요. 다만, 부모님께 말씀은 드려야 할 것 같네요. 그런데 협회장으로 하면 어떻게 진행되는 건가요?"

"저희는 이 사고를 언론에서 계속 공론화해야 한다고 보기 때문에 서울에서 했으면 좋겠네요. 비용은 저희가 다 부담하고요. 유족들은 신경 안 쓰셔도 돼요. 다만 시신을 그대로 운구할 경우엔 2주 정도 걸리고, 화장을 하면 바로 저희랑 같이 올 수 있을 것 같습니다."

"그것도 결정해야겠네요. 그 부분도 한번 고려해보겠습니다. 부모님 만나 봬서 아시겠지만 설득하는 게 일이라서요."

그렇게 우린 대화를 나누고 경준 씨와 못다 한 나머지 이야기를 하기 위해 커피숍으로 이동했다.

"부모님이 몸이 많이 안 좋으세요. 그래서 제가 부모님을 대신하고 있어요. 장례식, 협회장은 괜찮으신 거죠?"

"네, 저는 괜찮은데 부모님이 조금 걱정이네요. 제가 하자는 대로 하실 분들이 아니라서."

"저랑 저희 부모님은 괜찮으니까 원하시는 곳에서 하세요. 저희가 따를게요."

"그래도 괜찮을까요?"

"네, 괜찮아요."

그렇게 11년간의 나와의 인연을 끝내고 장례식에 대해서 말이 나오고 있다는 게 너무 믿어지지가 않는다. 경준 씨도 나와 똑같았다. 말을 하고 있는 경준 씨의 두 어깨가 많이 무거워 보였다. 아니 무거웠다. 그래도 자긴 괜찮다고, 쓴 미소를 지었다.

로봇 디자이너, 싱글, 본가는 부산, 형의 빈자리까지 대신 짊어진 마흔다섯 살의 남자.

누가 봐도 이런 현실은 정말 납득하기 힘들었을 것이리라. 그렇게 대화를 나누고 우린 헤어졌다.

이제, 이 사람을 만나면 어떻게 할지 결정해야 하고, 장례식장을 어디로 할지, 남아공에 누가 갈지에 대한 이야기를 나눠야 했다. 그 자체로도 참 어려웠다.

시댁이란 울타리 안에서 그 사람 부모님은 또 그분들 생각대로 움직일 것이고, 나는 나대로 생각하고 판단해야 하리라. 시어머니께 전화를 걸어 이런 상황을 전달했다.

우리의 만남

울고 싶었다. 너무 떨렸다. 장례식이라니. 그 사람을 떠나보낼 장례식장을 결정해야 하는 이 현실이 너무 싫었다. 사실 예전엔 미처 몰랐다. 죽음과 직면했을 때 어떤 느낌이고, 남겨진 사람에게 얼마나 크나큰 상처와 고통이 되는지 말이다.

나는 죽음도 권리라고 생각했다. 스스로 죽을 수 있는 권리가 있다고 믿었다. 죽음은 자유와 연결되는 고리라고 믿으며 나 자신을 팽개치며 살아왔던 것 같다.

중·고등학교 시절부터 20대 초였던 대학 시절 내내 우울증이 있었다. 나는 혼자였다. 아빠와 엄마 사이도 안 좋고, 많이 싸우기도 하셨으며, 언니는 사회생활로 치이며 살았던 시기이기 때문에 누군가에게 속마음을 이야기할 수조차 없었다. 그 당시 동생도 힘들었던지 학교생활에 잘 적응하지 못하고 친구들과 몰려다니며 사고를 쳤다. 엄마가 그것 때문에 힘들어하셨으므로 나까지 무거운 짐을 얹어주면 안 된다고 생각을 했다.

그냥 포기하고 이대로 죽는 게 나을 것이란 생각을 했다. 힘든 시간을 간신히 버티다가 여러 번 자살을 시도했지만 번번이 실패하기 일쑤였다.

어떻게 하면 죽을 수 있을지 고민하며 죽기 위해서 살았다. 그러던 어느 날 그 사람을 알게 됐다. 첫 만남도 7월이었는데 그 사람의 죽음도 7월이었다. 음력 7월은 내가 태어난 달이기도 하다. 7월은 태어남과 만남, 이별이란 감정을 한꺼번에 느끼게 하는 달이 됐다.

2006년 여름휴가가 시작될 무렵 길을 가다 접질려 발에 금이 가는 사고가 있었다. 그렇게 다리에 통깁스를 하게 됐고 불편한 여름을 보내고 있을 무렵 모르는 번호로 전화가 왔다.

"여보세요?"

"오영미 작가님이시죠?"

"네, 제가 오영미 맞는데요. 어디시죠?"

"저, 매직TV의 김광일 PD라고 하는데요, 이우진 PD님 소개로 전화 드렸습니다."

"아, 네! 안녕하세요. PD님."

이우진 PD님은 잘 아는 사이도 아니었는데 나를 추천했다고 했다. 아마 누군가 나에 대해서 좋게 이야기를 한 모양이다.

"이번에 여자 마술사를 키우는 새로운 형식의 프로그램을 준비 중인데요. 같이해주셨으면 좋겠어요. 괜찮으시면 미팅 날짜를 잡죠."

"네, 좋습니다."

나는 흔쾌히 좋다 했고, 깁스한 다리를 이끌고 방송국으로 향했다.

방송국에서 만나 이런저런 이야기를 나누고 저녁을 먹었다. 그리고 다시 회사에서 마술사와 여자 출연자들과 미팅을 하고 집으로 갔다.

이 방송국은 참 재미있는 사람 천지였다. 회사에서 있었던 재미난 에피소드를 컷 툰으로 그려 블로그에 올리는 유재용 감독님이란 분도 계셨고, 독특한 캐릭터를 가진 CG 팀 여자 직원인 남군, 후배들을 놀리며 즐거워하는 이우진 팀장님도 계셨고, 개광일 PD가 있었다.

분명히 이 사람은 현장에서 뒹굴며 FM으로 일을 배웠던 터라 말도 안 되는 것을 보면 계속 이야기했고, 불의를 보면 못 참는 성격 때문에 그렇게 불렸을 것이다. 강아지처럼 왈왈 짖는다는 의미였겠지…….

이 방송국을 다니면서 컷 툰 주인공으로 종종 등장한 개광일 PD, 지금 다시 그 컷 툰을 봐도 웃음이 나오는 건 의미가 있고, 추억이 있고, 재미있어서 그런 것이라 생각한다.

그리고 나도 한 번 등장을 했었다. 그날의 일은 아직도 기억을 한다. 마우스를 돌린 사건, 그 당시 총을 쏘는 컴퓨터 온라인 게임이 유행했다.

그 게임을 가르쳐주겠다며 접속을 했는데 뭔가 잘 안 됐다. 뭘 어떻게 해야 할지 몰라 막막해하고 있는 나에게 그 사람이 목소리를 높여 말했다.

"돌려! 마우스 돌려!!"

게임에서 마우스로 조작하는 부분이 있는데 게임에 관심도 없고 게임의 1도 모르던 나는 막 눌러도 안 됐다. 그 사람은 어떤 방법으로 해야 하는지 이야기를 전혀 해주지 않았고, 마우스를 돌리란 그 말만 듣고 마우스를 돌렸다.

마우스를 돌림과 동시에 게임은 끝이 났다.

지금 생각해보면 매직TV는 정말 재미난 일도 많았고 힘든 일도 많았던 곳이었다.

내가 일을 다니면서도 우울증 때문에 힘들어할 때 그 사람이 내 손을 잡아줬다. 나를 보면 꼭 자신 같아서 지켜주고 싶다고 했다. 그래서 차츰 우울증이 조금씩 나아졌고, 이 사람과 함께 악착같이 살기 위해 버텨나갔다.

여러 감정 요소가 남겨진 매직TV의 마지막은 참 허무했다. 방송이 어느 정도 자리를 잡아갔고, 사람들이 조금씩 이 방송 채널을 알아가고 있던 어느 날 대표가 직원들에게 사직서를 쓰라고 반 협박을 했다. 이유인즉, 채널을 다른 케이블 방송사에 팔았다고 했다. 사실 그동안 대표가 말을 하지는 않았지만 모두들 알고 있었다.

방송을 배운 적도 없고 방송 쪽과는 전혀 관계가 없었던 매직
TV 대표는 직원들에게 권고사직이란 명목하에 계속 사직서를 권
유했으나 그들은 계속 버텼다. 어떤 힘든 상황에서도 버텨냈던 그
들도 결국 사직서를 쓰고 말았다.

내가 듣기로는 매직TV에서 외주 제작사를 차려주고, 인수한 케
이블 방송사에서 나오는 프로그램을 제작하게끔 돕겠다고 말을
해서 그 말만 믿고 다들 사직서를 썼다고 했다. 그런데 사직서를
쓰고 나니 모르쇠로 일관하다가 한바탕 난리를 치니 그제야 외주
제작사를 차려줬다. 하지만 일이 없었다. 대표는 이제 본인 일이
아니니 도움을 주지 않았던 것이다.

다들 한순간에 실직자가 됐고, 이 사람도 실직자가 되어 집에서
실업 급여를 받으며 놀고 있었다. 처음부터 끝까지 이 사람의 삶
은 힘들었다. 어릴 적 부모님 때문에 힘들었고, 그래서 세상을 바
꾸고 싶어 했고, 세상을 바꾸는 방법으로 방송 일을 시작했고, 방
송 일을 하면서조차 세상을 바꾸기는커녕 부당한 모순을 겪어야
했고, 기록을 위해 떠났다가 결국 부조리한 방송계의 병폐 때문에
인생의 마침표를 찍었으니 말이다.

연애 1년, 결혼 생활 10년, 내 시계는 계속 가고 있다. 그러나 그
사람의 시계는 멈춰버렸다.

죽음은 권리도 특권도 아닌 두려움이었다.

나는 그 두려움에 떨고 있었다.

섭섭하게, 그러나 아주 이별이지는 않게

내 가슴속은 흰 바탕에서 잿빛으로 그리고 마지막은 검정으로 순식간에 변했다.

무수히 많은 죽음을 봤고, 접했고, 들었었기 때문에 죽음과 마주하는 것 하나는 이미 익숙할 것이란 생각이 있었다.

나는 능행 스님의 《섭섭하게, 그러나 아주 이별이지는 않게》라는 책을 좋아한다. 우연히 접한 이 책에는 죽음에 대해 이렇게 이야기했다.

삶이란 아무런 가치가 없는 것도 아니며 이별 또한 슬프기만 한 것은 아니라며 능행 스님은 죽음을 앞둔 사람들의 마지막을 함께 하셨다. 삶의 마지막은 살아온 모습과 전혀 다르지 않다고 말하는 능행 스님이었다. 그분이 죽음을 맞이하는 사람을 가슴은 아프지만 덤덤하게 보내주시는 모습 때문에 더욱 슬펐던 것 같다.

삶의 끝자락에 닿은 것을 알게 된 그들은 두려우면서도 죽음을 새로운 곳으로 떠나는 낯선 여행쯤으로 생각했을지도 모른다. 과연 어느 누가 죽음이란 것을 모든 것을 포기하고 끝내는 것이 아닌, 다음을 기약하는 것으로 받아들일 수 있을까? 머문 곳에 대한 기억 하나쯤은 가지고 있어야 하는 것은 아닐까?

그러나 그것에 대해서 답해줄 이는 없다. 사람은 어디서 와서 어디로 가는지조차 알려지지 않았으니 말이다. 종교적으로는 하늘로 간다는 표현을 하지만, 이론적으로는 하늘 높은 곳엔 우주가 있는데 그 많은 사람이 하늘 어디로 갔을까? 죽음 또한 태어나기 전 내가 미리 결정짓고 오는 것이란 어느 스님의 말을 들었다. 이 사람도 죽음을 결정짓고 태어나 죽음을 가슴에 품고 살아온 것인지 알 길이 없다. 자신의 죽음을 결정짓는다는 게 말이나 되는 것인지 의문이 들었다.

그렇다면 나는 대체 언제까지 살 수 있는 걸까? 나도 그럼 내 죽음을 결정짓고 이렇게 살아가고 있는 걸까? 자기 합리화를 위해 그렇게 말을 예쁘게 포장해서 만든 것이란 것을 알면서 자꾸 꼬리에 꼬리를 잡아본다.

결국 이 사람은 공중 분해되어 현실 속에서 영원히 사라진 것은 아닐지 걱정이 됐다. 섭섭하게, 아주 이별이지는 않게 보내라는 말대로 할 자신이 없다. 내가 마주한 죽음은 너무 억울하고, 너무 가슴 아프고, 너무 서럽고, 너무 보고 싶기 때문이다.

죽음은 그 누구에게도 익숙해질 수 없다.

죽음은 마주할 때마다 그저 가슴 아프고 슬픈 경험이다.

내가 사랑하는 사람의 죽음은 그저 평범한 일상이 아닌 아주 아프고 가슴이 찢기는 듯한 고통이다. 이 아픔은 누구에게나 다 가온다.

그러나 너무 일찍 내 곁을 떠나간 그 사람에게 물어보고 싶다.

'당신, 지금 대체 어디야?'

출국식

7월 21일, 사고가 난 지 벌써 7일째가 됐다. 할 수 있는 게 하나도 없었기 때문에 모두 손 놓고 출국 전까지 기다리고 있어야 했다. 타국의 차가운 바닥에 누워 있는 그 사람이 자꾸만 떠올랐다. 살아 있는 김광일이 너무 만나고 싶었다.

남아공이란 나라가 절차가 복잡하고 일 처리가 늦다는 말을 들었고, 앞으로 얼마나 더 많은 시간이 흘러야 두 고인을 한국으로 모셔 올 수 있을지는 알 수 없었다.

7월 21일 밤, 집 정리에 앞서 그 사람이 있었던 곳을 남기고자 사진을 찍어나갔다.

22일 이삿날이 되었고, 나는 깊은 한숨을 푹 내쉬며 그 흔적들을 지워나갔다. 그 사람과 함께 살던 집은 이제 없어졌다. 허무했다. 너무나 쉽게 사라진 그 흔적들이, 이제는 그 사람을 이 세상에서 다시 만날 수 없다는 것이 가슴에 깊은 상처로 자리 잡았다.

새벽 6시에 시작한 이사는 어느덧 오후 5시가 되어 마무리가 됐다. 반쯤 가출한 정신 줄을 붙잡고 이 사람의 페이스북에 글을 적어나갔다.

정말 일에 있어서는 누구보다 자부심 넘치고 열정적으로 일했던 김광일 PD!

너무 열악한 방송 환경에서 잘못된 관행을 바꾸고자 부단히도 노력했던 그 사람은 떠났다. 내 품에서도 아이들 품에서도……

"나는 세상을 바꾸고 싶어. 내가 만든 작품을 통해 사람들이 변할 수 있고 세상이 긍정적으로 바뀔 수 있다면 뭐든 할 수 있을 것 같아! 그래서 나는 하나의 빛이 되기 위해 노력할 거야."

자신의 이름이 광일(光一), 즉 하나의 빛인 이유를 설명하며 좋아하던 사람이었다.

하나의 빛이 되기 위해 꾸준히 노력하던 그 사람은 현실에 자꾸 굴복하면서 살았다.

방송계의 공인이자, 한 여자의 남편으로서, 또 두 아이들의 아빠, 어느 동생의 형, 어느 부모의 장남으로서 다양한 역할 속에서도 그 사람은 열심히 살았다. 서른여덟 젊은 나이에 그는 이 세상에서 떠났다. 모든 역할을 완성하기에는 어려웠지만, 이제 그 사람이 바라던 방송계의 판을 바꾸는 시도는 할 수 있다.

우리에게 너무 안타까운 소식이지만, 또 너무나 힘들게 달려온 그 사람이기에 그런 것을 원하지 않을까?

방송 선후배에게 기억에 남고, 세상을 위해 열심히 살아온 PD로 마지막을 빛내주고 싶다.

23일 오후 2시 나는 남아공으로 떠난다.

그 사람을 데려오기 위해서 오랜 시간을 비행기를 타고 갈 것이다. 27일 오후 6시 45분에 나와 함께 한국으로 오면 마지막 길을 보내주려 한다.

혼자가 아닌 박환성 PD와 함께이기에 그나마 그 길이 외롭지 않기를……

사후 세계에서, 그 사람 꼭 천국에서 행복하게 살기를 바라며.

나에게 언제나 희망이고 행복이었던 사랑하는 그 사람과 나의 마지막 대화를 남긴다.

현지 시각 14일 오후 6시쯤, 우리나라 시각으로 15일 새벽 1시쯤 우리가 나눈 마지막 말들.

'지금 이동'이란 말이 마지막 말이었다. 대체 당신은 어디로 이동하려고 했던 걸까.

먼 곳에서 나를 애타게 기다릴 그 사람.

그 사람만 생각하면 너무 안타깝고, 아프고, 또 아프다.

춥고, 배고프고, 집에 너무너무 오고 싶었다던 당신은 지금 내 곁에 없다.

나도 너무 애타게 그립다.

그리고 그날 밤, 슬픔을 미리 직감이라도 한 듯 하늘은 많은 양의 비를 쏟아붓기 시작했다. 다음 날 아침 뉴스에 인천에 너무 많은 양의 비가 쏟아지는 기상 이변으로 집이 잠기고 피해가 상당하다는 보도가 나왔다. 한편으론 두 고인이 너무 억울하고 분해서 하늘이 그들 대신 비를 쏟아낸 것은 아니었을까 생각했다.

독립PD협회 송규학 협회장, 복진오 PD, 권용찬 PD와 오전 11시에 만났고, 짐을 부친 후 인천 국제공항 한쪽에서 두 PD의 시신이 무사히 돌아오기를 바라는 출국식을 진행했다.

독립PD협회, EBS 관계자와 국회의원, 많은 동료 PD들이 모였고, 분위기는 침통하고 숙연했다. 나는 나서는 것이 두려웠고, 어떤 말을 해야 할지 몰라서 인터뷰를 하지 못하겠다고 말한 뒤 뒤에서 가만히 서 있었다. EBS 뉴스에서 이 모습을 촬영했고, 박환성 PD 동생인 경준 씨, 그리고 협회장을 비롯한 내빈들이 차례대로 말을 이어나갔다.

송규학 (독립PD협회 협회장) : 출국식에 앞서 해외에서 순직한 두

PD를 모셔 올 수 있게 모금에 참여하고 저희에게 용기와 희망을 함께 나눠주신 모든 PD분들, 시청자분들께 감사드립니다. 잘 모시고 오겠습니다.

오기현 (한국PD연합회 회장) : 멀리 남아공으로 가시는 분들 발걸음이 무거우시리라 생각합니다. 유가족들 아픔을 어떻게 헤아릴 수 있겠습니까. 힘드시더라도 잘 모셔 오시기 바랍니다. 그사이 저희 한국PD연합회와 독립PD협회 등은 장례식 준비에 만전을 기울이도록 하겠습니다. 잘 다녀오십시오!

박경준 (고 박환성 PD의 남동생) : 떠나는 발걸음이 상당히 무겁습니다, 서로 다른 감정이 교차하고 있기 때문에. 빨리 잘 모셔 와야 한다는 마음과, 아직은 이 죽음을 인정하기 싫은 마음이 있어 심적으로 많이 괴롭습니다. 형은 자신뿐 아니라 독립 PD들의 어려운 상황을 대변하기 위해 애썼습니다. 유가족 입장으로 여러분들의 도움을 받아 형의 뜻을 이뤄나갔으면 하는 바람입니다.

추혜선 (정의당 국회의원, 국회 미래창조과학방송통신위원회 소속) : (고 박 PD가) 남아공 촬영 떠나기 전에 의원실에 와 긴 시간 얘기를 나눴습니다. 불합리한 제작 관행을 좀 해소해야 되지 않겠느냐고, 특히 자연 다큐 찍는 PD들은 위험한 오지에 나가는데 제작비가 적어 최소한의 안전도 보장이 안 된다고, 돌아오면 이런 부분을 개선하기 위해 같이 노력하자고 했는데…….

살아남은 우리가 뭘 해야 되는지 깊이 새기면서 남은 독립 PD들이 안전하게 대접받으면서 일할 수 있는 제도를 만드는 게 필요하다고 봅니다.

권용찬(독립PD협회 대외협력위원장) : 저희가 더 슬픈 이유는 살고자 갔던 곳에서 비극적인 죽음을 맞았기 때문입니다. 앞으로 다시는 이런 비극이 일어나지 않도록 국민 여러분의 많은 관심과 성원을 부탁드립니다.

송대갑(EBS 대외협력국장) : 지난 20일 독립PD협회, 유가족, EBS가 만나 후속 대책을 논의했습니다. EBS 프로그램을 준비하다 고인이 되셨기에 직원에 준하는 수준으로 전폭적인 지원을 하려고 합니다. 또, 남아공 대사관과 협의해 현지에서 변호사를 선임하고, 변호사가 입회한 상태에서 사건을 수습해나갈 예정입니다.

함께 울면서 무사히 돌아오길 바라는 모든 이의 염원을 담은 출국식 행사는 끝이 났고, 초상은 이제 시작이었다.

가려는 추혜선 의원님을 붙잡았다. 뭐라도 말을 해야 했다. 남겨진 우리 아이들과 어떻게 버티고 살아야 할지 너무 막막하다.

그러나 그것보다 더 안타까운 것은 이 사람과 박환성 PD를 그냥 이대로 묻힌 채 떠나보내는 게 더 아플 것 같다. 처음부터 세상을 바꾸기 위해 노력했고, 그 누구보다 더 열심히 살아왔던 그들이기에 나는 이렇게 흐지부지 넘어가는 일은 최소한 없어야 한다고 꼭 좀 변화되게끔 부탁드린다고 말했다. 경황도 없고, 상황도 그렇고…… 무슨 말을 했는지 모르겠다.

그리고, 김영미 PD란 분이 나에게 혹시 김광일 PD 아내냐면서 말을 건넸다.

"네, 맞아요."라고 말을 하는 순간 끝내 울음을 터뜨렸다.

김영미 PD는 그 사람이 정말 많은 사람에게 좋은 사람이었고, 방송을 위해 정말 많이 노력했던 PD란 것을 다시금 실감케 하는 이야기를 했다.

2015년 MBN에서 한 독립 PD가 본사 PD에게 구타를 당하는 사건이 있었다. 그는 독립 PD라는 이유만으로 생계를 이어나가야 했기에 부당함을 참아야 했다. 시사를 하러 갔다가 술을 마셨던 본사 PD가 때리는 것을 그대로 맞았고 머리에서 피를 흘렸다. 흘리는 피를 닦으며 시사에 들어갔던 사건이었다.

그 당시 김영미 PD, 많은 독립 PD들이 두 달 동안 MBN 앞에서 돌아가며 1인 시위를 했었다고 한다. 시위가 진행되던 어느 무더운 여름날, 멀리서 서성이며 안절부절못하는 한 남자가 있었다. 다들 그 사람을 보고 경찰이 또 출동했구나 낙담하고 있을 때였다. 그 사람은 시위하는 김영미 PD 앞으로 걸어와서 어색하게 웃으며 검은 비닐봉지를 건넸다고 했다.

수줍은 목소리로 "선배님, 이거라도 드시고 하세요."

"아, 뭐 이런 걸 사왔어요. 이제 다 끝나가니까 밥이라도 먹고 가요."

"아니에요. 가야죠. 선배님, 근데 우리 후배들에게도 좋은 날이 오긴 오겠죠?"

"당연히 올 겁니다."

그렇게 돌아서서 갔던 그 사람 모습이 아직도 선하다고 했다.

그 사람이 떠난 후 비닐봉지에서 음료를 꺼내보니 미지근해져 있었다고 한다. 시원한 음료를 샀을 텐데 얼마나 고민하고 서 있었으면 미지근해졌을까 생각했었다고 한다. 아는 사이는 아니었지만, 그때 밥이라도 꼭 먹여서 보냈으면 덜 미안했을 것이라며 울었다. 나에게 미안하다고 계속 사과하는 김영미 PD님. 그녀는 인권 다큐멘터리스트였다. 아이가 네 살 때부터 홀로 아이를 키우며 세상의 인권을 위해 맞서 싸워온 정의롭고 멋진 엄마이자 멋진 여성이었다.

출국 전 무겁고 힘든 발걸음을 조금이나마 가볍게 떠날 수 있게 해준 고마운 사람이었다. 내가 사랑한 이 사람이 너무 멋진, 너무 좋은 사람이었다고 말해주니 가슴 한쪽이 따스해졌다. 그와 동시에 그 사람에 대한 이야기를 듣고 나니 다시 가슴이 먹먹해졌다.

당신이 있는 남아공으로

가슴이 아프고, 또 아팠다. 그 사람이 남아공에서 비행기를 타고 나에게 오는 것이 아니라 내가 그 사람 시신을 수습하러 남아공으로 떠나야 하는 현실이 두려웠다.

비단 나만 그랬던 것은 아니었나 보다. 독립PD협회 회원이자 박환성 PD님의 친구였던 복진오 PD님이 페이스북에 글을 남겼는데 왜 그렇게 공감이 가는지 모르겠다.

가장 힘들고 잔혹한 촬영을 하러 남아공으로 오늘 떠난다. 남아공으로 촬영을 갔던 두 PD가 현지에서 교통사고로 사망했다. 고인이 된 두 PD를 모셔 오기 위해 많은 분들이 도와주셨기에 갈 수 있게 되었다. 유가족을 모시고 두 PD를 수습하고 유품도 수습해야 한다. 그 과정도 기록해야 한다. 솔직히 자신 없다…… 하지만 해야 한다……

똑바로 촬영하지 못한다고 박환성 PD가 잔소리하고, 김광일 PD가 선배 그렇게 촬영하면 안 된다고 하겠지만 촬영은 해야 한다. 하지만 아직도 자신이 없다…….

그리고 내가 남아공에 가는 이유는 단 하나다. 환성이가 "그래 너는 올 줄 알았다." 이렇게 말할 걸 알기 때문이다.

아침부터 비가 온다.

정신 차려야 하는데…….

이 상황에서 벗어나고자 노력했지만, 벗어날 수 없었다.

연착된 비행기 탑승을 기다려 빨리 남아공으로 가는 일이 현실이었다. 오후 2시 비행기가 오후 5시가 넘어서야 이륙을 했다. 이 사람을 만나러 간다. 사실 겁이 난다. 어떻게 해야 할까.

마주 보고 웃을 수는 없을 것 같다. 그래도 마지막 가는 길은 웃으며 떠날 수 있도록 해야 하는 게 맞지만 어떻게 마주해야 할지 막막하다. 아직도 실감이 안 되고 두려운데 말이다.

EBS에서도 같이 동행하기로 했다.

법무 팀 이종일 차장과 EBS 유무영 부장이 자신들의 비즈니스석과 우리의 일반석을 바꿔줘서 그나마 편하게 갈 수 있었다.

이 사람, 나한테 해외여행 가자며 이번 촬영 비행기 티켓 마일리지를 쌓아달라고 하더니 본인은 해외에서 오지도 못하고 나를 이런 식으로 해외여행을 보내주나 싶은 생각이 들었다.

말하지 않아도 물어보지 않아도 나를 생각했을 그 사람의 모습이 자꾸만 떠오르며 에스프레소의 씁쓸함만 감돈다. 그 사람을 만나러 가는 길, 하늘을 보니 더 가슴이 아려온다.

코끝이 시려왔다.

어쩌면 찬란한 빛을 품었던 그 사람이 하늘 아래서는 그 빛을 펼칠 수 없기에 마음껏 날갯짓을 할 수 있는 곳으로 떠난 건 아닐까?

너무 그립고, 너무 아름다웠던 천상이란 세상에서 꿈을 펼치려고 떠난 건 아닐까 싶은 생각이 들었다.

사랑하는 당신, 불쌍한 당신.

분명 당신이 원한 것도 생각했던 것도 아닐 것이다.

내가, 당신이 원하지 않았지만, 일어난 일들.

가슴 아프게 애태우면서 앞으로 살아나가야 할 일들이 너무 걱정이 되기 시작했다.

나는 당신과 살면서 당신의 찬란함을 봤다.

그리고, 허무하게 지는 꽃도 봤다.

찬란했던 당신은, 대체 당신은 어디로 간 걸까?

두 시간의 비행 끝에 홍콩에 도착했다. 아직 남아공으로 가려면 또 한 번의 난관을 거쳐야 한다. 긴 비행을 해야 그 사람이 잠시 머문 곳에 다가설 수 있다. 그러기 위해서 한참을 기다려 비행기에 올라야 한다. 그래서 경유지인 홍콩에서 우린 일단 그 두 PD를 마주하기 전 심신의 안정을 위해 맥주를 마셨다. 앞으로의 일정으로 잠도 못 자고 울고 지쳐 있을 것을 대비한 것이기도 하다. 두 사람 다 술을 좋아했다. 박환성 PD님은 맥주를 좋아했고, 그 사람은 가리지 않고 술을 마셨다. 이렇게 좋아하던 것을 두고 허무하게 가버렸다. 그 사람에게 나의 모든 것을 나눌 수 없고, 전달해줄 수 없다. 이만큼 더 아프고 힘든 시련이 또 있을까?

요즘 별의별 생각이 다 들면서 어떻게 이겨나가야 할지 너무 막막해진다. 이 상황을 받아들여야 하는데 그러지 못함이 더 큰 아픔이 아닐까 의구심을 품어보기도 한다. 나는 가고 있다. 잠시 경유지인 홍콩에서 맥주 한잔을 마시며 두 PD에 대한 이야기로 잠시나마 꽃을 피웠다. 경준 씨와 이야기를 나눴다.

"저는 이 사람 끝까지 세상에 남겨놓을 생각이에요."
"저도 그래요. 앞으로 차차 방법을 찾아가야죠."
"일단 책을 써서 세상에 널리 알리는 게 지금 목표예요. 그래서 가서도 기록을 써보려고요."
"저도 도울 수 있으면 동참할게요."

그러했다. 나는 이 사람이 서른여덟, 젊은 나이에 이 세상에서 생을 마감하고 떠났다는 게 믿을 수 없다. 그러나 이제 현실이 된 순간 어쩔 수 없이 그 사실을 믿어야 함을 알고 있다.

내가 할 수 있는 일은 그 사람의 이야기를 책으로 남겨서 세상에 널리 퍼트리는 것이다.

꼭 반드시, 될 때까지 해내고야 말겠다고 마음속으로 다짐을 했다.

그리고 시간이 되어 남아공으로 향하는 비행기를 타고 먼 타국에서 나를 기다리고 있을 그 사람에게 가고 있었다.

그 사람이 얼마나 아팠을지, 얼마나 힘들었을지, 얼마나 내가 보고 싶었을지, 너무나 잘 알고 있는 나이기에 더더욱 정신을 차렸다.

미안함도 너무 크다. 괜히 나란 사람을 만나서 힘들게 살다가 간 것 같아서. 그 사람이 만약 혼자였으면 지금쯤 이 세상 어딘가에서 하고 싶은 말들 내뱉으며 한자리 차지하며 참지 않고 살아가고 있을지도 모를 일인데 싶은 생각도 들었다. 분명 똑같은 상황이 와도 그 사람은 그렇게 했겠지만 혹시나 싶은 마음도 불현듯 들었다.

나와 아이들과 함께 힘든 삶을 참고 버티며 살아온 사람. 앞으로 어떻게 버텨나갈지 더럭 겁부터 난다. 이런저런 마음가짐도 그 사람을 만나면 또 무너져 내리겠지만.

아직도 마음은 그냥 그 사람이 자기 발로 고국을 향해 걸어왔으면 좋겠다.

꿈에서 버스를 타고 어디론가 계속 가는 꿈을 꿨는데 요즘은 그 사람이 꿈에 나타나지 않는다. 너무 많이 생각하니까 그런가 싶어 생각을 안 하려고 하지만 잘 안 된다.

어떡해야 할까. 내 욕심이 이 사람을 무너지게 하고 있었는지도 모른다는 생각에 잠을 잘 수가 없다. 이제 도착까지 두 시간 남았다. 마음을 잡아두고 생각했다.

'두 시간 뒤에 도착해. 조금 있다가 만나자. 기다려. 내가 금방 갈게. 내가 사랑하는 앞으로 평생 사랑할 사람, 당신 내가 몸조심 하라고 그렇게 이야기했는데…… 어떻게 그러냐. 바보…… 김광일…… 이따가 만나……'

속으로 계속 생각했던 것 같다.

남아공 요하네스버그로 향하고 있던 비행기는 기름이 없어 다시 돌아 인근 터미널에서 대기 후 기름을 넣고 다시 출발했다.

많은 사람이 박환성 PD와 김광일 PD에 대해서 이야기한다. 슬픔과 애도가 넘치고 있었고, EBS와 방송 회관에 임시 분향소가 설치됐다는 이야기를 들었다. 많은 사람들의 추모가 이어졌고, 그들을 그리워하고 있다고 한다.

한국에 두고 온 아이들이 자꾸만 신경 쓰인다. 친정 식구들이 잘 봐주겠지만, 그래도 내 새끼다 보니 두고 온 게 내심 신경이 쓰였다.

이 표현이 맞는지 모르겠지만 드디어 남아공에 도착했다. 10시 정도 됐나.

권용찬 PD님이 우리에게 다가와 밖에 나가면 대사관에서 와 있을 거라고 마음의 준비하고 나가야 한다고 했다. 이미 이곳으로 떠나기 전부터 마음의 준비는 다 하고 온 거 아닌가 싶은 마음도 들고, 그들이 우리에게 어떤 것을 해줄 수 있는지 지켜보기로 했다.

비행기가 착륙하자마자 심장이 쿵 내려앉으며 떨리기 시작한다.

짐을 찾으러 가는 길에 송규학 회장님은 화장실에서 검은 정장으로 옷을 갈아입고 나오시고, 다른 분들은 중간에 어디로 갔는지 사라져버렸다.

"회장님, 너무 진정이 안 되는데 신경 안정제 있으면 나눠줄 수 있으세요?"

"네, 있어요. 잠시만요."

신경 안정제를 꺼내주셔서 먹고 나니 몸이 더 진정이 안 되는 것 같다. 졸음도 몰려오고, 정신 자체가 몽롱해진다.

앞으로 3시간을 움직여야 그 사람이 머물러 있는 곳에 다다를 수 있다고 했다.

앞에서 기록을 하는 복진오 PD님과 영어가 되는 권용찬 PD님! 그들은 인터뷰를 진행하고 현장으로 가는 내내 함께 있는 유족인 우리들이 조금이라도 덜 긴장하도록 하려고 노력했다. 동료를 잃은 그들의 발걸음과 마음 또한 무거웠을 텐데……. 여러 생각이 교차하기 시작했다.

나를 기다리는 그 사람에게 내가 해줄 수 있는 것이 어떤 것일까 고민이 된다.

'부디 그곳에 있는 사람이 내가 사랑하는 당신이 아니길…….'

연극을 마치며

3시간이 걸려서 병원 영안실에 도착했다. 처음에는 많이 다쳤다는 그 사람의 모습이 보고 싶지 않다는 생각이 들었지만, 그 사람을 보는 게 이번이 마지막이라는 생각에 보기로 했다. 물을 마시고 잠시 기다렸다. 심호흡을 몇 번 하고 나니 누군가 나와서 두 사람의 지문이 찍힌 서류와 이름, 생년월일을 확인했다.

그리고 잠시 정신없는 시간이 흐르고 시신이 안치된 영안실 안으로 들어갔다.

영안실 안에 안치된 두 개의 문을 열어 보여준다.

아무런 미동도 없는 두 남자가 흰 천에 덮여 누워 있다.

얼굴만 살짝 보여주고 이내 그냥 닫아버린다.

그 사람이다. 그토록 아니길 바랐건만 그 사람의 얼굴과 결국 마주해버렸다.

육신이 얼마나 힘들었으면 두 사람 다 지친 표정으로 입을 굳게 다물고 있을까.

불러도 대답이 없다. 만져보지도 못했는데 확인했으면 나가라고 내보냈다. 요동치는 심난한 마음을 부여잡고 나와야 했다

송규학 회장님과 경준 씨 그리고 나만 남겨둔 채 다들 사고 현장으로 떠났다. 사고 현장에 술이라도 따르고 온다는 말에 혹시라도 그곳에 묶여 있을지도 모를 두 영혼이 함께 오길 바라는 마음에서 2만 원을 전달했다.

잠시 후 영안실에서는 시신을 화장할 관을 보여주었고 우리는 관을 선택했다. 사실 관보다 나는 이 사람이 더 보고 싶었기 때문에 관 고르는 일은 아무래도 상관없었던 것 같다.

나는 그 사람이 사무치게 그리웠다. 보고도 믿을 수 없는 김광일의 허무한 모습에 이 만남이 끝이 아니길 바라고 있었다. 경준 씨도 반쯤 정신을 놓은 채 나머지 정신을 어디에 둬야 할지 몰라 했다. 이런 경험은 두 번 다시 하고 싶지 않았다. 두 사람 다 다시 만나게 해달라며 이렇게 보내는 것은 아니라고 그 자리에 주저앉아 울면서 말했다. 이렇게 돌아서면 나는 분명히 계속 생각할 것이고, 가슴 아파할 것임을 알았기 때문이다. 문득, 감각이 없으니 그만 만지라고 이야기했던 그 사람이 떠올랐다.

힘들었고 또 힘들었을 그 사람. 집 문을 열고 들어와 하얀 이를 보이며 이번 촬영은 유난히 힘들었다고 투정 부렸을 그 사람은 이제 없었다. 눈 하나 깜짝하지 않고 시체 보관실에 누워 있다.

잠시 후 안으로 잠깐 들어오라는 말을 듣고, 안으로 들어갔다.

저 먼 세상으로 먼저 떠난 당신이 나와 마주하고 있다. 고인이 되었고, 시체로 누워 있는 그 모습은 마치 마네킹 같다. 연극을 위해 분장을 했을지도 모른다. 보고도 믿을 수 없었기에 여기저기 다만져 확인했지만, 마네킹도 연극도 아니었다.

냉동실이 얼마나 차가웠을지 얼마나 힘들었을지 두 사람의 모습을 보고서 짐작할 수 있었다. 어쩌다가 이 사람이 이 외딴 곳에 누워 있고, 차가운 시신으로 있어야 하는 걸까.

모든 게 다 원망스러웠다. 이렇게 만들어놓은 현실이 너무 다 원망스럽고 싫었다.

나를 애타게 그리워했을 그 사람을 안아줬다.

손을 잡게 해달라고 부탁해 손을 잡는데 배가 보였다. 사고가 나서 병원으로 이송됐을 때 시신 정도를 파악하기 위해 부검을 했다는데 그 수술 자국이 보였다. 시신을 부검한다는 것 자체가 가족의 동의 없이 이뤄질 수 있다는 게 정말 어이가 없었다. 그러나 그 나라 법이라 어떻게 할 수 없다고 했다. 힘들게 죽었는데 부검이라는 절차로 배를 갈라 확인을 했다는 것조차 너무 싫었다. 훼손 정도가 너무 심하다고 듣긴 했지만, 그래도 그건 아닌데…….

그리고 다시 손을 봤는데 내가 아는 그 사람의 손이 아니었다. 미라에서나 나올 법한 손가락이 둥글게 말려 있었다. 길게 한숨을 내쉰 채 마지막 입맞춤일 것이라는 생각이 들어 이마와 머리를 쓰다듬고, 이마와 볼에 입맞춤을 했다. 그러나 여전히 미동이 없던 그였다. 이것이 떠나는 그 사람의 육신에게 내가 해줄 수 있는 마지막 선물이었으리라.

그러고는 문득 그 사람이 손가락에 끼었던 반지가 생각나 그것에 대해 물었으나 사고 현장에 갔을 때 반지, 핸드폰이 없었다고 했다. 손가락에 끼었던 결혼반지는 분명 중간에 누군가 빼갔을 것이라 생각했다. 흔적이 없다. 우리의 10년이 통째로 사라져버렸다.

핸드폰, 핸드폰 배터리, 충전기, 선글라스도 모두 사라진 상태였다. 죽은 사람에게서 그런 것을 다 빼앗아 갈 수 있는 나라라는 이야기를 들었어도 설마 했었는데 진짜 허무했다.

그리고 내가 나간 후 경준 씨가 형을 만나러 들어갔다. 흐느끼는 소리가 문밖으로 들렸다. 시간이 지나고 문이 열리며 경준 씨가 힘없이 문밖으로 나왔다.

"형 얼굴 좀 봤어요? 저는 이 사람을 보는데 왜 이렇게 가슴이 메어오는지 모르겠어요. 왜 이렇게 말라버렸나."

"그렇게 밝던 형인데, 웃고 있지를 않네요."

한숨만 푹 내쉬는 그를 말없이 바라봤다.

그리고 우리는 사고 차량을 확인하러 폐차장으로 이동을 했다. 긴장된 마음으로 폐차장에 도착하자마자 눈에 띈 것은 얼마나 충격이 심했을지 짐작이 가능케 한 모습의 차였다. 경찰의 설명이 이어졌고, 아니나 다를까 내 눈에 제일 먼저 보였던 것이 두 PD가 타고 있던 차라고 했다.

충격이 이만저만이 아니었다.

이역만리에서 교통사고를 당해 그 자리에 숨을 멈춘 채 머물러 있어야 했던 그 사람이 자꾸만 떠오른다. 어떻게 이 두 사람을 빼냈을지 상상조차하기 싫었다. 차가 어떻게 은박지처럼 쉽게 구겨질 수 있을까? 이곳저곳을 다시 살펴봤다. 참담하다란 말밖에 할 수 있는 말이 떠오르지 않았다.

생전의 그 사람 모습이 떠올랐고, 그가 했던 말이 떠올랐다.

"또 선배 한 명이 편집하다가 심장 마비로 세상을 떠나셨대. 앞으로 내가 언제 어떻게 될지 모르는 일이야. 남 일이 아닌데 이 일을 계속해야 하나 고민이다. 혹시 내가 그렇게 되어도 당신 혼자서 헤쳐나갈 수 있으면 좋을 텐데."

항상 당신은 마지막을 준비하는 사람 같았다.

사고가 나지도 않았고, 다치지도 않았고, 건강했지만 방송 일을 시작하면서 몸과 마음이 약해져가고 있었던 어느 날 그 사람이 한 말이었다.

방송이라는 화려함 속에 가려져 보이지 않던 그 이면엔 늘 죽음이 베이스처럼 깔려 있었다.

방송 납품과 시청률, 프로그램의 수명은 치열한 삶이었다. 언제 밟혀 터질지 모르는 지뢰밭에서 간신히 숨만 연장하며 전쟁을 벌여야 하는 그 사람과 동료들은 다 같은 마음이었을 것이다.

차 안을 이리저리 살펴보다 뒷좌석에 있는 햄버거와 콜라를 발견했다. 이미 다 상해버린 햄버거가 이 사고 시간의 증거였다.

편집 때마다 편의점 도시락, 소주와 새우깡, 햄버거, 떡볶이 등

● 사고난 차의 뒷자리에 있던
햄버거와 콜라병

인스턴트만 먹어서 먹기 싫다고 하던 그 사람이었는데…….

최대한 시간을 아끼며 빨리 먹을 수 있는 인스턴트에 치였던 그 사람은 그렇게 싫어하던 인스턴트와 함께 사라졌다.

사고 현장에 갔던 권용찬 PD, 복진오 PD, 그 사람의 동생이 폐차장에 왔다. 한참을 지켜보다 혹시나 반지, 핸드폰 등 나머지 것들이 있는지 차를 뒤지기 시작했다. 그 사람의 것과 아닌 것을 구분해 내는 작업이 필요할 것 같았다. 경찰은 꼼꼼하게 찾지 않았을 것 같았다. 차를 뒤지면서 사고 날 때 신고 있었던 신발, 시계, 핸드폰 케이스를 찾았다. 여기저기 혈흔이 묻어 있는 것을 보면서 말을 잇지 못했다.

더 무슨 말이 필요할까.

남겨진 우린 마치 두 PD에 대한 연극을 다 보고 난 후 마지막 아쉬움을 남긴 채 자리를 떠나야 하는 관객 같았다.

선 택

　사건 담당 변호사를 만나서 앞으로의 진행에 대한 이야기를 나눴다. 그러나 나는 이미 짐작하고 있었다. 어차피 우리에게 남는 건 상처와 흔적뿐이라는 것을.

　저녁을 먹고 숙소로 이동했다. 다 같이 모여 앞으로의 진행 과정에 대해 이야기를 나누기 위해 한자리에 모였다. 화장을 하면 우리와 함께 한국으로 돌아올 수 있지만, 그렇지 않으면 그 사람 혼자 남아공에서 2주 이상을 더 견뎌야 한다니 그럴 수 없었다. 같이 돌아와야 안심이 될 것 같았다. 화장으로 결정을 했다. 그렇게 생각하고 판단하고 결정했지만, 사실 시신으로 운구하고 싶다는 생각이 떠나지 않았다. 자신의 나라가 아닌 타국에서 그렇게 재가 된 채 떠나는 게 과연 옳은 일인지 판단이 잘 안 섰다. 처음엔 그냥 시신으로 같이 오고 싶었다.

그 모습으로 같이 갈 수는 없는 걸까.

하지만 시신의 상태가 좋지 않았고 절차상의 이유로 화장을 하지 않으면 함께 돌아오는 건 불가능했다.

누구도 가보지 않은 길을 떠난 그 사람은 이 생활이 그토록 힘들었던 걸까.

나를 두고서는 어디로도 가지 않을 것 같던 그 사람이 막상 가버리고 나니 점점 버틸 자신이 없어졌다.

죽음은 초대받지 않아도 어느 날 갑자기 우리 곁에 나타난다.

늘 그러하듯 환영받지 않는 손님인 죽음은 표정조차 없는 저승사자의 모습으로 머물러 있다. 그렇게 또 한 번 이별을 경험한다.

돌아오지 않는 메아리만 덩그러니 남아 그대로 시간은 멈춰버린다.

시간아, 멈춰다오. 우리의 시간은 그 자리에 머물러 있는데 우리란 주체가 사라졌지 않느냐.

그 주체는 어디로 사라졌는가. 나는 앞으로 대체 누굴 불러야 할까.

그조차 혼자서 버텨나가야겠지. 그러는 순간, 나도 나이를 먹고 그 사람 곁으로 떠날 준비를 하고 있을 것이다.

별똥별처럼 어디론가 떨어져 사라져버린 그를 찾아 헤맨다. 나는 아직 이 세계에 머무를 시간이 더 긴데 그 시간 동안 먼저 떠나간 당신을 만나기 위해 나 혼자 인내하며 기다려야 한다. 그리고 오랫동안 아파해야 한다. 떠나간 그대를 내 생이 다하는 날까지 그리워해야 하는 나는 당신 주변을 맴돌면서 살아갈 것이다.

속상하지만 어쩌면 이러한 현실을 받아들여야 하는 것이 내 운명이리라.

우린 아직도 신혼이라고 사람들에게 이야기했던 그 사람의 말이 떠올랐다. 결혼한 지 10년. 자주 보지 못했고, 곁에 있으면 보고 있어도 또 보고 싶고 애틋했던 우리는 그랬다. 남들보다 더 많이 못 봐서 그리움이 더 컸을 것이다.

10년의 결혼 생활.

그중 많은 시간을 방송 일 하느라 밖으로 떠돌던 그 사람이 입버릇처럼 내게 했던 말이 있었다.

"난 방송하면서 욕을 하도 먹어서 오래 살 것 같아. 내가 만약 먼저 죽으면 내 빈자리에 다른 남자 있을까 봐 신경 쓰여서 자기보다 오래 살 거야. 당신 죽으면 난 예쁘고 당신보다 더 착한 여자랑 재혼해야지~"

"쳇, 그게 뭐야. 나는 왜 먼저 죽고, 당신은 왜 재혼해?!"

"그러니까 일찍 죽을 생각 하지 마. 다 해보고 죽어도 죽어야지, 안 그래? 근데 내가 먼저 이 세상 떠나면 나는 당신 데리고 갈 거야. 아무래도 혼자 못 두겠어. 걱정돼!"

"나는 뭐, 자기 걱정 안 되는 줄 알아?"

"난 괜찮아. 그럼 이렇게 하자! 오랫동안 함께 살다가 같은 날, 같은 시간에 같이 가자."

"그래! 그 정도면 나도 합의 볼 수 있어. 그러자."

평소 그 사람과 난 이런 말을 자주 하곤 했다. 삶 속에 자연스레 죽음이 베이스로 깔려 있다지만, 그런 날이 이렇게 빠르게 올 줄이야 정말 상상조차 못했다.

이 이야기 속에 재혼이란 이야기가 나온다.

재혼 이야기를 하다 보니 주변 사람들이 내게 아무 생각 없이 건네는 말이 떠올랐다. 네 나이가 어린데 어떻게 혼자 버텨가며 사냐고, 내가 어리니까 무조건 가야 한다고, 남자의 그늘이 필요할 테니 좋은 사람이 있으면 시집가라고 말이다.

매일 밤이 외로울지도 모르고, 아이들에게 아빠가 필요하지 않겠냐는 말은 내가 가장 싫어하는 BEST 1위의 말이 됐다. 난 그 누구에게도 이런 말을 한 적도 없으며 하고 싶지도 않다. 그 사람이 떠난 시점부터 지금까지 계속 그런 식으로 위로랍시고 하는데 그건 위로가 될 수 없고, 위로의 말도 아니다.

걱정이 되니까 그런다고 이해는 하지만, 그건 남자의 그늘에서 계속 살아야 하는 다른 사람의 말이라고 생각한다. 난 혼자서 이겨낼 수 있고 버틸 수 있고 살아갈 자신이 있다.

그래, 사람이기 때문에 외로울 수도 있다. 외롭지 않고서야 어떻게 사람이라고 할 수 있을까?

사람에게 얻은 상처는 사람으로 치유받아야 한다는 것도 알고 있다.

하지만, 나의 외로움은 이 시간을 버텨나갈 극복의 한 과정이고, 외롭게 떠난 그 사람을 그리워하며 살아가는 것 또한 내 몫이라고 이야기하고 싶다. 나는 그동안 외롭지 않았다. 출장도 잦았고, 바빴고, 집에도 잘 못 들어왔어도 나는 혼자서 잘 이겨낼 수 있었다. 육아가 분명히 힘들었음에도 그 사람이 나만 바라봤고, 살아왔고, 사랑했으니 외로울 겨를이 없었다.

곁에 있어도 외로운 사람이 있고, 곁에 없어도 항상 함께하는 듯 행복한 사람이 있다. 후자의 사람이 그 사람일 것이리라.

그렇지 않았던 적도 분명히 있었겠지만 그건 서로 다른 환경에서 살아온 두 남녀가 사랑하며 살아가는 과정 중 하나라고 말하고 싶다. 모든 부부가 그러하듯이 말이다.

나와 내 자식을 지키는 일은 나 스스로 그 어려운 삶을 극복함에 있다. 누군가에게 위로받는 게 좋은 방법일 수도 있다. 하지만, 아이를 위한다는 착각 속에 악착같이 다른 사람을 곁에 두려고 하는 것은 옳지 않다. 때때로 누군가 필요할 수도 있지만, 꼭 그런 것만은 아니라고 생각한다. 어떻게 해서든 아이들과 내가 함께 이겨나가는 것, 그게 첫 번째로 해야 하는 일이 아닐까? 내 삶에 두번 다시 결혼이란 계획은 없다.

나를 위해서 다른 사람을 위해서 아이들을 위해서 살아갈 것이다.

김광일이란 보호막 안에서 아이들을 키우며 영미 라이프를 그려나갈 계획이다.

나는 늘 다짐하고, 생각한다.

'착한 사람은 있어도 착한 남자는 없다.'

당신의 육신과 함께하는 마지막 날

사랑하는 사람과 이별한 지 12일째 되는 25일 아침이 됐다.

전날부터 화장을 하는 당일 아침까지 잠을 이루지 못했다. 사랑하는 그를 불구덩이 속으로 떠나보내야 한다는 생각과 내곁에서 영원히 떠나보내야 한다는 생각에 이리저리 배회할 수밖에 없었다.

이 사람을 마주하는 마지막인 날인데 어떻게 하면 좋을지 아무런 생각도 말도 떠오르지 않았다. 내 시선은 삶의 따뜻함보다 인생의 삭막하고 날카로운 부분이 부각된 채 내 가슴을 찌르기 시작했다.

1981년 1월 1일 낮 3시에 태어난 김광일은 음력으로 1980년 11월 26일 호적에 올랐고 태어난 지 두 달도 안 되어 두 살이 됐다. 그리고 광주에서 1월 1일에 태어났다며 외할아버지가 빛 광(光) 자에 한 일(一) 자를 써서 광일이라는 이름을 지어주셨다. 남들보다 늦게 태어났음에도 1년을 더 악착같이 버텨내야 했고, 빛나기 위해 부단히 노력해야 했다. 태어났을 때부터 힘들었을 것으로 생각한다.

정확히 따지면 이 사람은 서른여덟이란 나이에 생을 마감한 것이 아닌 서른일곱, 만으로 서른여섯에 세상을 떠난 것이다. 무거운 짐을 짊어지고, 자신의 날개를 숨긴 채 살아갔을지도 모른다. 그 날개를 조금도 펼치지 못한 채 감추고 살아가야 하는 그 사람이 얼마나 고단하고 힘들었을지 살아가면서 이해를 할 수 있었다.

시간은 점점 아침을 향했고, 사람들이 서서히 일어나기 시작했다.

새벽은 쌀쌀하고 추웠지만, 버틸만 했다. 그 사람은 더한 추위에 머물러 있는데 내가 이깟 추위에서 버티지 못할 이유는 없었다.

아침밥을 간단하게 먹고 차에 탄 후 다 같이 화장터로 이동했다. 이동하는 동안 모두 숙연해진 채 말을 제대로 하지 못했다. 화장터로 향하는 길 중간에 화장실에 들렀다가 다시 목적지로 향했다. 화장터에 도착해서 기다렸다.

기다리자 두 사람의 시신이 도착을 했고, 화장을 하기 전 고인의 마지막 모습에 간단한 제사를 올리기 위해 상을 준비했다. 두 PD의 영정 사진과 현수막, 그리고 간단한 과일과 맥주가 준비됐다. 그저 바라만 볼 뿐 아무 말도 할 수가 없었다.

차례대로 절을 올리기 시작했고, 술을 따랐다.

그 사람은 관 안에서 일어나지 않고 그대로 누워 있다. 움직이지 않는다.

관 안에서 무슨 일이 벌어지고 있는지 어떤 모습으로 누워 있는지 확인할 길이 없었다.

내가 만졌던 그 따뜻한 손도, 따뜻한 체온도, 입술도, 가슴도, 수박이 한 덩이 들어 있다고 놀리면 자기 배는 인덕이라며 껄껄 웃던 그 웃음소리도 이제는 들을 수가 없다.

어디 가서 그 사람을 다시 찾아올 수 있는지 알 수가 없다.

제사가 끝나고 그 사람의 시신을 마주했다.

권용찬 PD님이 관을 열었고, 거꾸로 열어서 그 사람의 다리가 보였다.

상처가 많다. 여기저기 찢어지고 뜯기고 패었다.

'왜 거기에 누워 있는 거야! 왜 당신 넓은 집은 놔두고 이 조그만 관에……. 관이 당신 집이라도 되는 양 누워 있는 게 말이 돼? 집으로 가자. 어서 우리 집으로 가자.'

그 사람은 말이 없다.

'떠난 자는 말이 없다고 하지만, 적어도 당신은 나한테 말을 해 줘야 하는 게 정상이잖아. 적어도 당신은 나한테…….'

난, 그 사람의 얼굴을 보며 되뇌었다.

그 사람은 여전히 입을 굳게 다물고 있다.

퍼렇게 얼어버린 입술이 지금도 많이 힘듦을 말하고 싶어 하는 것 같았다.

할 수만 있다면, 다시 깨어나게 할 수만 있다면 그렇게 하고 싶었다. 그러나 할 수 있는 것이라곤 얼굴을 보며 흐느껴 우는 일 외에 아무것도 없다.

당신을 만나 많이 힘들 거라고. 사랑하지만, 앞으로 더 힘들 수도 있으니 떠날 거면 지금 떠나라고 술에 취해 떠들어대던 당신.

나는 곁에 남았는데 결국 당신이 너무 힘들어 먼저 떠나버렸네.

내가 힘들면 쉬어 가라고 그렇게 말했는데 쉬고 싶다, 힘들다는 그 말 한마디조차 하는 게 그렇게 힘들었니? 가장이라는 이유로 혼자 속으로 삭히면서 왜 혼자서 이겨내려고 했던 건데?

딱 한마디만, 한마디만 했어도 되는 일이었잖아.

당신 곁에 항상 머물러 있었는데…….

나는…….

이 별

짧은 만남의 시간이 지나고 두 PD의 시신은 불구덩이 속으로 들어갔다.

봄에 새싹처럼 태어나 여름에 한철 신나게 즐기고 가을에 점점 세상을 알아가며 성장하고 겨울에 차가운 죽음을 기다리는 인생, 그중 초여름을 맞이하면서 가버린 두 사람!

항아리 속에 2017년 7월 14일을 삼킨 채 멈춰 있을 그 사람은 그리움 속에 갇혀버렸다.

이제 죽음은 두려웠다.

아픈 사람은 자신의 죽음을 알고 미리 준비라도 할 시간이 있지만, 우린 그런 이별조차 하지 못했다. 이렇게 아픔만 간직한 채 서로를 그리워할 것이다.

화장하는 모습을 보는 것이 처음은 아니었다. 아주 어릴 적 외가 쪽 작은할머니가 돌아가실 때 이미 화장하는 모습을 직접 지켜봤던 터라 그 모습이 익숙하면서도 너무 두려웠다. 화장을 하고 하나의 덩어리로 나온 시신의 흔적을 빻는 모습은 더욱 이상하다고 느꼈었다.

그저 그런 어릴 적 기억은 이제 아픔으로 다가왔다.

불구덩이 속으로 관을 힘차게 밀어 넣는 화장장이는 땀을 흘렸고, 우리는 나가서 기다려야 했다.

화장터는 온갖 사람들의 시신이 있었다.

여기가 저승일 수도 있겠구나 싶은 생각이 들었다.

화장을 시작했고 시간이 오래 걸린다고 했다.

내가 사랑했던 그 사람은 이제 이곳을 떠나 어디로 갈지 나는 알지 못했다.

알 길이 없었다.

그저 떠오르는 연기를 찾아 건물을 돌아다니다 그 사람의 시신을 태우는 연기가 나오는 굴뚝을 발견했다.

'지금이라도 말릴까? 지금이라도 꺼낼 수 없을까?'

그렇게 화장해버리면 이제 그 사람 모습을 나는 어떻게 기억을 해내야 할지 막막했다.

그 자리에 누워버렸다.

고요했다. 새들이 날아다니고 새소리가 들리는 한적한 곳이었다.

한적한 공간이었지만, 내 마음은 이미 이 상황을 받아들일 수 없어 요동을 치고 있었다.

눈시울이 붉어졌다.

화장이 이뤄지는 동안 남아공에 세워둘 비석을 제작하러 비석 업체에 갔다. 다들 이것저것 고르는 동안 차에서 기다리고 있던 나는 차에서 잠시 내렸다. 갑자기 권용찬 PD님이 빨리 차에 타라고 하셨다. 이유인즉, 남아공은 여자 혼자서 길에 서 있으면 납치를 당할 수 있다는 이유에서였다.

돈이 없는 나라다 보니 납치를 해서 섬에 팔아버리기도 하고, 신장을 팔기도 한다는데 그게 진짜인지 여부는 모르겠지만 사실일 수도 있겠다는 생각이 들었다.

그런 일이 진짜로 있다고 하니 조심해서 나쁠 것은 없다는 생각이 들었다.

그리고 다시 화장터로 가서 기다렸다.

이번엔 박환성 PD님의 시신을 불구덩이로 밀어 넣는다.

정말 49년 인생이 허무하게 불길 속으로 사라져버렸다.

두 사람 다 이러려고 한국에서 이 멀리까지 와서 힘들게 지냈을까 싶은 생각에 한숨만 나왔다.

나보다 몸집이 더 커다랬는데 이제는 아주 작은 유골함에 담겨 내 두 손 위에 올라왔다.

이렇게 작았던가?

나 또한 나중에 이렇게 작아지겠지.

그렇게 제대로 음식을 먹지 못했고, 와인만 여러 번 마셨던 것 같다. 맨 정신으론 도저히 버틸 수가 없을 것 같았다.

하루가 저물어갔다.

숙소 앞 카페에서 맥주를 한잔했다.

PD님들이 모여 이런저런 이야기를 하고 그들이 남긴 가방을 확인했다. 나도 합석하여 맥주를 한잔하며 이야기를 들었다.

그리고 숙소로 돌아와 한 줌의 재가 되어버린 사랑하는 사람과 보냈다.

이게 당신이라고 말할 수가 있을까?

당신이 살던 곳으로

7월 26일 일찍 일어나 마지막으로 그 사람에게 편지를 적었다.

여기에서 보내는 나와 당신의 마지막 여정.

남아공까지 오는 길은 무척이나 험난했고, 한국으로 향하는 길 또한 쉽지 않았다.

공항으로 향하는 길.

두 PD의 유골을 한국까지 무사히 모셔 오기 위해 여러 사람이 고생을 했다. 유골함은 기내에는 가지고 탈 수 없고 짐으로 붙여야 해서 캐리어 가방을 새로 사서 뽁뽁이를 구했고, 유골함이 들어갈 만한 나무통을 두 개 더 구해왔다. 여러 과정을 거쳐 겨우 가능했다.

비행기 탑승 수속을 했고, 짐 가방에 들어 있는 당신의 유골과 함께 고국으로 돌아가는 길이다.

＊

하늘 위에 떠 있어. 그대가 머문 곳에 나도 함께 있어.

우리가 함께했던 추억, 우리가 함께했어야 할 추억. 나는 모두 기억해.

이대로 시간이 멈춰버렸으면 좋겠어.

내가 그리고 그대가 함께했었다는 것만 기억할게.

슬픔도 아픔도 없는 그곳에서 먼저 기다려. 내가 갈 때까지 꼭 기다려.

사랑했던 그대, 앞으로도 계속 사랑할 그대,

어쩌면 내가 그곳으로 가기까지 오랜 시간이 걸릴지도 몰라. 그래도 기다려줘.

내가 갈 때까지. 사랑하는 그대, 내가 그 품에 안길 때까지. 꼭 기다려.

창밖을 보며 수없이 되뇌었다. 보고 싶었고, 결국은 만났지만, 그 만남은 지속할 수 없었다.

그 사람이 없는 내 시간은 이미 멈춰버렸다. 나는 멈춰버린 시간 속에서 길을 잃은 어린아이처럼 당신을 찾아 헤매고 있다. 나 이제 어떡하지? 나 이제 어떡하면 좋을까?

현실과 가까워질수록 더 겁이 났다. 그렇게 남아공에서 홍콩으로 이동하는 동안은 지쳐서 잠이 들었고, 잠들었다 깼다를 반복했다. 그리고 홍콩에서 만난 항공사는 대한항공이었고 한국으로 오는 동안 여러 가지 생각을 했다.

기내에서 주는 샴페인과 와인을 마시며 계속 울었다. 밥조차 입에 댈 수가 없었다. 내 눈치를 살피던 승무원이 스테이크가 맛이 없냐며 물어보았다. 스테이크가 무슨 맛인지 모르겠다. 그저 목에 걸려 넘어갈 생각조차 안 한다. 그냥 와인, 샴페인만 연신 마시고 있었다. 와인을 마시는데 눈물이 흘렀고, 내가 눈물을 마시는지 와인을 마시는지 알 수가 없었다.

울고 있는 나를 보며 승무원이 다가와 휴지를 건넸다.

"혹시 무슨 일 있으세요? 많이 힘들어 보이세요."

"아니요, 괜찮아요. 걱정 안 하셔도 돼요."

"다른 거 뭐 필요한 거 있으시면 말씀해주세요."

"네. 감사합니다."

계속 내 눈치를 살피며 걱정을 해주는 승무원에게 조심스럽게 이 일에 대해서 이야기를 했고, 승무원은 자신도 결혼한 지 얼마 안 됐다며 같이 가슴 아파했다.

이것저것 챙겨주며 함께 한국으로 향했고, 나는 창가에 앉아 하염없이 쏟아지는 눈물을 닦으며 한국에 도착하면 인터뷰를 꼭 해야겠다는 다짐을 했다.

그리고 머릿속에 담긴 말을 그냥 토해내지 못할 것 같아 핸드폰 메모장에 글을 하나씩 적어나갔다. 꽤 오랜 시간 움직인 것 같은데 두 시간이 지나 한국에 도착을 했다.

입국을 하면서 짐을 찾았고, 우리는 유골을 안고 입국장 밖으로 나갈 채비를 했다.

상상도 못할 만큼 엄청 많은 사람들이 기다리고 있었다. 카메라 플래시가 여기저기서 터졌고 EBS의 뉴스 카메라가 앞에 자리를 지키고 있었다.

김광일 PD, 박환성 PD의 유골과 함께 입국장으로 나갔고 메모장에 적었던 말을 하나씩 읽어나갔다.

김광일 PD는 정말 성실했습니다. 그리고 열심히 살았습니다. 비록 방송에 치이다 보니 시간은 부족했지만, 저에게는 따뜻한 남편이었고, 아이들에겐 멋진 아빠였습니다.

그러나 그는 이제 없습니다.

이 사람은 15년 전 독립 PD로 방송 일을 시작할 때부터 자신이 만든 작품으로 세상을 바꾸고자 노력했던 사람 중 하나입니다. 그 사람이 남아공으로 떠나기 전에 제게 그렇게 이야기했습니다. "나 이제 방송 그만해야 할 것 같아. 너무 힘들고 미래가 없어서……. 당신과 애들까지 힘들게 하고 너무 미안해서 그만해야 할 것 같아."라고 말입니다. 독립 PD란 직업이 사실 그렇습니다. 어떻게 해서든 방송 납품을 위해 끝까지 버텨야 하고 가족보다 방송이 먼저여야 하는 그 현실! 어느 날부턴가 그 사람은 자신이 원하고 바꾸고자 했던 세상은 만들기 어렵다고, 이제 너무 지친다고 이야기했습니다. "나 이제 방송 일 접고 다른 일을 해보고 싶어." 남아프리카 공화국에 가기 전까지 계속 이야기했습니다. 그리고 마지막으로 자신이 하고자 했던 작품을 완성 후에 진짜 정리해야겠다고 저에게 말하고 떠났는데…….

진짜 마지막까지 독립 PD로 자신이 하고 싶었던 작품과 함께 가족의 곁을 떠났습니다.

이 현실이 너무 아픕니다.

그 사람과 함께 한국으로 돌아오면서 많은 생각을 했습니다.

이분들의 유작을 완성하고 방송계에서 고인들이 원했고 바꾸고자 노력했던 독립 PD가 짊어져야 하는 현실을 바로잡고 싶습니다.

이 문제는 비단 이 두 PD의 문제만이 아니고 모든 방송인의 문제라고 생각합니다.

그리고 떠난 저희 남편인 고(故) 김광일 PD와 박환성 PD님이 모든 방송인들에게 오랫동안 기억되었으면 좋겠습니다. 관심 가지고 지켜봐주신 모든 국민 여러분께 감사드리고 앞으로도 계속 지켜봐주셨으면 좋겠습니다.

출국장에서 만났던 김영미 PD님이 나를 기다리고 있었다.

박환성 PD님의 가족은 다 모여서 경준 씨를 맞이하고 안아주고 부둥켜안고 울었지만, 공항의 어느 곳에서도 이 사람을 부둥켜안고 반기는 가족은 없었다.

그러나 나는 나와 똑같은 이름을 가진 가족이 새로 생겼다. 김영미 PD님…….

언니만 우리와 동행했다. 참고 버티고 또 버텼는데 언니를 보자마자 참았던 눈물을 펑펑 쏟아냈다.

장례 차량으로 이동하는 동안 내내 기자들은 우리를 찍어댔고, 그사이에서 나는 언니에게 의지한 채 힘겹게 이동했다.

왜 이렇게 공허했던 것인지 시간이 지난 뒤에야 비로소 정확히 알 수 있었다.

그리고 장례식장으로 이동했다.

우리는 10여 년 전 처음 만났고, 사랑을 했고, 결혼을 했고, 가정 속에서 두 아이가 태어났다. 이제 행복할 시간만 남아 있는데 우린 작별 인사도 나누지 못한 채 이별을 했다.

그 이별이 끝이 아니고 새로운 시작이라면 나는 과연 당신을 다시 마주할 날이 올까?

내가 바라보는 별 중에 하나의 별이 떨어졌고, 그 별은 아주 어둡고 칙칙하고 힘든 곳에 떨어져 김광일이 됐으며, 하나의 빛이 되기 위해 노력하다가 하늘의 별이 되기 위해 다른 행성으로 떠나갔다. 다시는 나와 마주할 수 없는 '이별'이라는 행성으로……

장례식

장례식 첫째 날.

장례식은 신촌 세브란스 병원 VIP실에서 진행된다고 들었다.

그렇게 장례식장 앞에 도착을 했고, 가족들은 그곳에서 이 사람을 맞이했다. 다들 울었고, 오열했고, 쓰러졌고, 분통해했다.

우리가 가기 전부터 이미 많은 사람들은 기다리고 있었다.

나는 이제 아이들에게 이 사실을 알려야 했다. 먼저 도착해서 아빠의 사진을 봤고, 우리 언니에게 수많은 질문을 던졌고, 언니는 답을 줄 수가 없었다고 했다. 언니는 아이가 받을 상처가 너무 클 것임을 알기 때문에 어떡하냐고 나에게 전화를 했다. 나 역시 답은 없었다. 그냥 가서 이야기를 해주는 방법밖에는 그 어떤 답도 없었다. 고민을 했다.

며칠 만에 만나는 아이들……. 다은이가 나를 보더니 안기며 물어본다.

"엄마, 이상해. 저기 아빠 사진이 있고. 아빠 출장 갔잖아. 아직 오려면 좀 더 있어야 하는데 사진이 왜 저기 있어? 혹시 아빠 죽었어?"

텔레비전에서 흔하게 나오던 장례식 모습이 불현듯 떠올랐다. 아이도 그랬을지 모른다. 사람들이 아빠의 사진을 보며 울고불고 오열을 했고, 엄마는 곁에 존재하지도 않았다. 아빠의 이름이 적혀 있는 곳. 의아하게 바라보고 무슨 일인지 궁금했겠지.

"다은아……."

목소리가 점점 작아졌다. 딸아이의 이름만 부른 채 아무 말도 이어갈 수가 없었다. 다은이가 울기 시작했다. 가뜩이나 눈물이 많아 걱정인 아인데 너무 속상했다.

밝게 웃으며 다현이가 나에게 다가와서 질문을 한다.

"엄마, 아빠는 어딨어?"

차마 입에서 떨어지지 않는 단어. 죽음. 사망. 고인.

그때 막내 시고모가 오셔서 아이들을 붙잡고 울기 시작하셨다.

"아빠는 먼저 하늘나라에 가셨어."

갑자기 침묵이 흐르기 시작했다. 그제서야 아이는 아빠의 사진 앞으로 다가가 울면서 아빠를 찾기 시작했다.

'아빠는 이제 이 세상에 없어. 남아공에서 사고로 돌아가셨어.' 그 말을 차마 할 수가 없었다. 직접 겪어보지 않고 직접 당해보지 않고서 어떻게 그 아픔을 알겠느냐만 이제 이 아이들은 아빠 없는 그늘에서 기가 죽은 채 살아갈 것이다.

나는 옷을 갈아입고, 머리에 흰 핀을 꽂았고, 조문을 하는 사람들에게 인사를 해야 했다.

정의당 추혜선 의원님이 오셨고, 내 곁에 함께 서서 상주 노릇을 하셨다.

나는 이 사람이 어떤 사람이었는지 어떻게 방송 일을 해왔는지 익히 들어왔지만, 조문을 온 사람들을 보고 다시금 이 사람이 얼마나 열심히 살아왔는지 알 수 있었다.

많은 사람들의 조문이 이어졌고, 그 사람과 나는 다시 함께 마주할 수 없는 모습으로 서로를 바라보고 있었다.

장례식 둘째 날.

일찍 일어난 다현이가 아침 특식으로 나온 김칫국을 들고 아빠한테 가져다주자고 했다. 평소에 시원한 김칫국을 좋아했고, 속을 달래고, 국이 없으면 김칫국을 끓여달라고 통사정을 하던 그였다. 김칫국이 정말 시원했다. 아들이 준 김칫국으로 속은 잘 풀었을지 모르겠다.

그리고 납골당을 알아보기 위해 형부랑 아침부터 바쁘게 움직였다. 신촌 세브란스 병원에서 인천 부평 가족공원까지 오가며 납골당을 알아봤고, 또 서류들이 필요했다. 그 서류가 다 준비되지 않아서 다시 신촌으로 왔고, 형부가 나 대신 움직였다. 정신없고, 바쁘고, 힘들 텐데 가족이라는 이름 아래 정말 너무나도 고

마웠다.

많은 사람들이 걱정하며 나에게 연락을 해왔고 찾아왔다. 방송통신위원회 이효성 위원장님, EBS 사장님 등이 조문을 이어나갔다. 나는 정말 많은 사람을 만났고, 마주했으며, 단 며칠 동안 이렇게 많은 사람들을 만날 일은 두 번 다시 없을 것이다. 그리고 없기를 바라고 있었다.

그리고 장례식 셋째 날, 영결식이 있었다.

영결식을 위해 1층 영결식장으로 이동을 했다. 영결식장에는 이미 많은 사람들이 기다리고 있었고, 나는 원하지 않는 스포트라이트를 받았다. 영결식의 식순으로 방송불공정위원회 최영기 위원장, 추혜선 국회의원, 독립PD협회 송규학 협회장 등 사람들의 말이 이어졌다. 그리고 박환성 PD님의 동생인 경준 씨와 이 사람의 유족인 내가 말을 해야 했다. 아무것도 준비되지 않았다. 준비를 하라는 이야기도 듣지 못한 상황이라서 무슨 말을 해야 할지 막막했다.

경준 씨가 먼저 "안전에 관한 것만큼은 제도적인 장치가 꼭 마련돼야 합니다. 모든 관계자분들의 적극적인 지원을 부탁드립니다."라고 이야기를 했다.

나는 무슨 말을 해야 할지 생각하다가 계속 머릿속에 남아 있던 시계를 떠올렸다. 사고 현장에서 발견된 시계. 이 사람의 시계가 아니었기 때문에 경준 씨에게 건넨 그 시계는 계속 돌아가고 있었다. 우리에게 하고 싶었던 말을 시계를 통해서라도 전달하고자 했던 것은 아닐까 계속 생각했었는데 그 말을 꺼냈다.

"이번 사고는 방송 전반의 문제입니다. 사고 현장에 가니 박 PD님의 시계가 돌아가고 있었습니다. 못다 한 일이 있어 시계가 살아 있는 것 같았습니다. 장례식이 끝나더라도 이 문제가 잊히지 않고, 끝까지 지켜봐주셨으면 좋겠습니다."라고 말을 했다.

이날 추모 영상으로 김광석의 〈부치지 않은 편지〉가 흘러나왔고, 살아 있었으면 환하게 웃고 우리를 반겨줬을 김광일 PD와 박환성 PD님이 살아서 움직이고 있었다.

나는 눈물을 삼키지 않고 쏟아냈다. 보고 싶은 그 사람을 생각하며 눈물을 마구 쏟아내기 시작했다. 이날 사람이 충격을 받고, 오열하면서 쓰러지는 것이 어떤 것인지 몸으로 느낄 수 있었다.

영결식이 끝났고, 많은 사람들이 와서 이 사람 마지막 가는 길에 인사를 해줬고, 울어줬고, 나를 안아줬고, 다독여줬다.

이 두 사람을 떠나보내기 전 마지막 날 밤.

박 PD님 어머니와 경준 씨 그리고 나는 두 사람의 유골과 사진 앞에서 맥주 한 캔을 들었다.

"애기 엄마, 불쌍해서 어쩌면 좋노."

"전 괜찮아요. 걱정 마세요."

나는 괜찮지 않았음에도 괜찮다고 말했다.

그래야 할 것 같았다.

"저 두 사람이 우리보고 자기들 욕한다고 뭐라 하겠네요."

경준 씨가 웃으며 그런 말을 했고, 나는 괜찮다며 욕해도 할 말 없는 두 사람이라며 너스레를 떨었다.

분명히 이 사람은 그 힘든 순간에도 마지막까지 나를 걱정하고 있었을 것이다.

항상 본인 몸보다 나를 먼저 떠올리고 생각하고 걱정하던 '영미 바보'였기 때문에 한국으로 오면 나를 안고 하루 종일 함께 있을 생각을 했을 텐데……

그 사람이 내 걱정으로 저승으로 가지 못하고 있을까 봐 나는 그게 더 걱정이 됐다.

지금도 나는 많이 힘든 시간을 보내고 있다. 아마 앞으로는 더 그러겠지.

앞으로 해야 할 일이 많아서라기보다 앞으로 이 사람 얼굴을 보지 못한다는 생각이 가득 차서 너무 가슴이 아프고 허전한 밤 이었다.

7월 30일, 발인 날!

기나긴 시간이 흘러 발인 날이 됐고, 이제 납골당으로 이동해 야 하는 순간이 됐다.

나는 반쯤 넋이 나간 채로 차가 달리는 도로 앞에 머물러 있 었다.

'저기로 뛰어들어버릴까?'

'그 사람을 만나러 가는 길은 이 방법밖에 없는데……'

'세상이 싫다. 가족도 다 필요 없다. 내게 남겨진 건 두 아이뿐이다.'

이제 세상에 남겨진 것은 '아이들과 나' 우리 셋뿐이구나.

장례 버스를 타고 일산 EBS에 갔고, EBS에서 마지막 인사를 하고 버스에 올라타려던 순간 너무 화가 나서 EBS 사장님에게 물었다.

대체 이 사람들이 가고 우리에게 남은 게 무엇이냐고.

어떻게 해줄 수 있느냐고 말이다.

EBS 사장은 이런 답을 줬다.

"법무 팀에서 유족에게 연락을 드릴 겁니다."라고 말이다.

답이 없었다. 할 말도 없었다. 말문이 막혀 힘없이 버스에 올라탔다.

그 누구도 내 말에 동의하지도 않았고, 이어가지도 않았다. 나만 혼자 덩그러니 있었다.

그리고 부평 가족공원으로 향했고, 유골을 안치하기 위해 인근 절로 향했다.

돌아온다던 당신은 어디에?

'떠나간 당신보다 남아 있는 당신의 사람은 너무 가슴이 찢어지게 아프다.'

적어도 난 그랬다. 너무 아팠다.

2017년 7월 31일 오후 3시 35분 남아공에서 한국으로 돌아오기로 한 날, 그 사람은 돌아오지 못했다. 돌아올 수 없었다. 이미 이곳에 와 있었기 때문이다.

원래대로라면 나는 이 사람이 인천 공항에 도착하면 마중 나갈 요량이었다. 그러나 그 사람은 이제 여기 없다. 돌아오기로 한 날이 되어도 지나도 이 사람과 박환성 PD는 돌아오지 못한다.

너무도 긴 여행을 떠났기 때문이다.

한국으로 돌아와 안아주고 웃으며 곁에 함께 있어달라고 조르며 내 옆에서 시끌시끌하게 수다쟁이가 되어 있을 그 사람은 곁에 없었다.

많은 사람이 함께한 장례식이 끝나고 나니 아이들도 나도 많이 허전하고 허무하고 허망했다. 그리고 세상은 아무 일도 없는 듯 무심하게도 조용히 지나가고 있다.

남겨진 우리만 계속 정신없이 이 사고에 대한 이야기를 꺼내고 있었다.

다시 돌아오지 않을 그 사람을 기다렸다.

혹시나 돌아오지 않을까 내가 겪은 것은 환상이었을지도 모른다며 기다렸다.

밤이 되었고, 그 사람의 유품이 된 가방을 열어 이것저것 가방속에 있는 것을 다 끄집어냈다. 가방에는 담배, 남은 옷가지, 손수건, 양말, 서류만 남아 있었다.

8월 1일 세상에서 가장 아프고 슬픈 날.

사망 신고서를 작성해서 냈다. 혼인 신고서를 작성하는 사람들이 보였다.

사람이 살고 죽는 출생 신고서와 사망 신고서. 다들 행복해 보이는데 나는, 내 세상은 울고 있었다. 아마, 내가 온전한 제정신으로 되돌아가는 건 이 사람을 만나러 가기 직전에나 가능하지 않을까 싶다.

그날 밤 나는 아주 무서운 꿈을 꿨다. 여태 한 번도 꿔보지 못한 꿈이었다.

시끌시끌 사람들이 많이 모여 떠들고 있었고, 친구 두 명과 나까지 셋이 어디론가 내려갔다. 문을 열고 들어갔는지는 기억이 나질 않는다. 다만, 계단으로 내려갔고, 많은 사람들이 계단 앞 길가에 서 있었다, 자욱한 안개 속을 걸어가는데 기분은 싸늘했고, 춥지는 않았던 것으로 기억한다. 그저 사람들이 자꾸 나를 이상한 시선으로 바라보고 있었다.

그사이를 지나서 강가로 갔다. 강은 두 개가 있었고, 나룻배를 타고 친구들과 함께 강 하나를 건넜다. 그리고 친구들은 내 눈앞에 있는 강을 헤엄쳐 갔고 나는 중간 지점에서 배를 지키며 서 있었다. 그때 뒤에서 자꾸만 나를 향해 소리를 지르는 남자의 목소리가 들렸다.

"가지 마! 거기 가면 안 돼! 절대 가면 안 돼! 빨리 나와!"

계속 가지 말라고, 가면 안 된다고 뒤에서 소리를 쳐서 누가 그러는지 확인을 하기 위해 배를 타고 다시 왔던 곳으로 가는 길이었다.

함께 간 친구들이 가던 길에 나를 봤는지 자기들만 두고 가버리면 어떡하냐고 빨리 데리러 오라고 소리를 쳤다. 결국 나를 못 가게 붙잡았던 남자는 누군지 확인하지 못하고 친구들을 데리러 중간 지점으로 갔다. 친구들은 옷이 하나도 젖어 있지 않았다.

그리고 배를 타고 다시 우리가 왔던 곳으로 되돌아왔고, 이상한 사람들 사이에서 그 남자를 찾았으나 보이지 않았다. 계단을 오르자 나를 이상하게 바라봤던 사람들은 그대로 다 쓰러졌다. 이상하다는 생각만 하고 계단을 올라서 문을 열고 밖으로 나갔다.

사람들이 많이 모여 있었고 어떤 남자가 오더니 나에게 말을 한다.

"할머니가 돌아가셨대."

할머니가 돌아가셨다니 무슨 말인지 모르겠다.

그리고 그대로 잠에서 깨어났고, 친정 부모님과 친척을 포함해서 지인들에게 전화를 해서 잘 지내시는지 묻고 건강 잘 챙기시라고 말했고, 다행히도 그들 중 누구에게도 별일이 없었다.

친한 동생 이모부가 부산에서 철학관을 하신다. 그분을 소개해 줘서 여러 가지 질문을 했고 꿈 이야기도 했다. 소리가 크고 선명하면 선명할수록 좋은 징조라고 했다. 또 그 남자는 사망하신 남편분 같다고 했다. 앞으로 하는 일 잘되게 도와주는 사람이 이 사람이라며 이 사람은 명예 운이 너무 좋았고, 나는 그 사람이 도와줘서 재물 운이 좋을 것이라는 말을 했다.

2018년부터는 재물 운이 좋다는 이야기를 했고, 두 번째 강을 가지 않아서 천만다행이라고 그 강까지 넘어갔으면 이 세상 사람이 아니었을 것이라는 말과 함께 정신적으로 많이 힘든 상황인데 악착같이 버티니 앞으로 좋은 일이 많을 것이라는 말을 들었다.

앞으로 잘되는 것도 좋고, 운이 트이는 것도 좋고, 명예 운도 좋고, 다 좋은 일만 남아 있는데 왜 그 사람은 내 곁을 떠난 건가라는 생각에 눈시울이 붉어졌다.

시간이 지났고, 49재를 하루 앞둔 정신없는 어느 날 엄마에게서 전화가 왔다.

"큰이모네 할머니가 돌아가셨대! 그래서 지금 거기 가고 있는 중이야."

"뭐? 뭐라고? 할머니가 왜!"

멀쩡하던 양반이 저녁을 드시고 갑자기 졸려서 잠이 드셨는데 그대로 돌아가신 모양이었다.

갑자기 꿈에서 할머니가 돌아가셨다고 한 말이 생각났다. 이상했고, 이내 소름이 돋았다.

그렇게 꿈속의 일이 현실이 됐다. 큰이모의 시어머니였고, 이종 사촌 오빠와 언니의 친할머니였던 분의 죽음에 대한 소식을 다시 한 번 듣게 된 것이다. 내가 꿈을 통해서 천상을 보고 온 것일지도 모른다는 생각이 들었다. 그리고 다음 날, 진해와 인천의 절에서 두 PD의 49재가 거행되었다.

고통은 한순간에 다가오고, 아픔은 오랫동안 가슴에 상처로 자리 잡는다.

떠난 사람은 말이 없었다. 사랑한다는 말을 한 번만 더 해줄 수 있다면…….

당신에게 쓰는 편지

✉ 내가 가장 사랑하는 당신에게-1

이렇게라도 하면 당신과 함께 있는 것 같아서 자꾸 흔적을 남기게 되네.

언제까지일까. 언제쯤 멈출지는 모르겠어.

이렇게라도 추억하고 싶어서…….

이렇게라도 하지 않으면 내가 죽을 것 같아서 계속 당신을 기억하기 위해 안간힘을 쓰고 있어.

어떤 사람들은 이제 그만 당신을 놓아주라고도 하고, 잊으라고도 해. 근데 그 사람들 이야기는 듣고 싶지 않아. 당신과 나와 이어진 끈을 내가 탁 하고 놓는 순간, 나는 그대로 추락할 테고 당신을 기억하는 사람들도 서서히 사라지겠지. 그것도 너무 싫거든.

사랑하는 사람을 갑자기 잃어버린 사람에게 그냥 잊어버리라고 놓아버리라고 말하는 건 너무 가혹한 거 아닐까. 당분간 당신을 내 가슴속에 품기 전까지는 나 아무래도 계속 당신을 찾을 것 같아. 아마, 내가 이렇게 됐어도 분명히 내가 당신 곁을 지킨 것처럼 당신도 그랬을 테니까 그렇게 내 마음 가는 대로 하려고.

나 오늘 출근 시작했어.

나 때문에 방송에 지장이 있으면 안 되니까. 근데 왜 이렇게 힘이 들까. 오늘 토크 촬영은 다른 날보다 더 힘들더라. 사실 괜찮을 거라고 생각했는데 전혀 괜찮지 않았어. 전철역 앞에서 눈물이 나기도 하고 나도 모르게 다른 곳으로 향하기도 하고 말야.

당신이 곁에 있었으면 "여보, 나 녹화하러 갔다 올게. 저녁때 올 것 같은데 오늘 저녁은 뭐 먹지?"라고 내가 물으면 자연스럽게 "저녁보다 당신하고 같이 있고 싶어. 저녁은 그냥 아무거나." 라고 달콤하게 내게 속삭이던 당신은 이제 없다.

오늘은 당신이 노래방 가면 항상 부르던 노래, 좋아하던 노래들이 자꾸 생각나더라.

어제도 당신 영정 사진 앞에 김광석의 〈어느 60대 노부부의 이야기〉라는 노래를 들려줬는데 왜 이리 하염없이 눈물이 흐르던지…….

세상은 그대로인데 나이 들어서도 함께할 당신은 내 곁에 없어서 그랬나 봐.

그저 평범하게 한 세월을 살면서 알콩달콩 소소한 일상 속에서 다른 노인들처럼 늙어가는 일이 내겐 이제 이룰 수 없는 꿈이 됐더라. 사람들이 당신 얼굴을 보고 나이가 좀 들어 보인다고 그러던데 고생을 많이 해서 그렇지, 얼마나 귀여운데…….
아마 내가 나중에 나이 든 당신 모습을 기억하지 못할까 봐 일부러 조금 더 고생해서 나이 든 모습으로 내 곁에 있어준 건가.

그저 평범한 일상이, 그저 평범한 삶이, 그저 평범한 것들이 나에겐 아주 멀고 이루지 못하는 꿈에 불과해.

남들에게 평범한 일인데 적어도 나에겐 말야.

나는 당신의 그 흔한 주름도 흰머리도 보지 못하는구나…….

당신이 "나는 평범하게 사는 게 꿈이야."라고 했던 게 왜 그러고 싶었는지 이제야 알았어.

평범한 게 더 어렵다는 것을 말야.

김광석의 〈어느 60대 노부부의 이야기〉에서 "여보, 그 눈물을 기억하오. (……) 여보, 왜 한마디 말이 없소. 여보, 안녕히 잘 가시게."라는 구절만 자꾸만 곱씹게 돼. 당신 또한 내가 물어도 대답이 없으니 잘 가라고 인사를 해야 하는 걸까.

뭐 아무렴 어때. 나는 젊은 김광일의 모습을 많은 사람들이 기억했으면 좋겠어.

서른여덟 젊은 나이에 멀리 떠나가버린 당신을 향해서 말야.

젊은 그대에게, 사람들은 잘 가라고 인사를 해.

60대까지 살지 못할 것 같아서 그래서 평소에 나에게 이 노래를 많이 불러줬나 봐.

오늘은 내가 노래 부를 때 흐뭇하게 바라보며 어쩔 바를 몰라 하던 당신 얼굴이 너무 그립다. 사랑해. 나의 사랑하는 여보, 낭군님, 남편, 신랑, 서방, 오빠라고 불리는 그대.

P.S. 내가 당신 곁으로 갈 때가 되면 당신이 어디 있는지 흔적 좀 남겨줘. 내가 찾아갈 수 있게……

✉ 내가 가장 사랑하는 당신에게-2

아픔은 잘 버티고 이겨냈던 당신인데 이번에도 조금만 버텨주지 그랬어.

아플 때 내가 곁에서 간호해주면 금방 낫는 당신인데 이번엔 그런 거 다 소용없더라.

혹시 내가 옆에 있으면 그 어떤 병도 금방 낫는다더니 그것도 내가 걱정할까 봐 나 안심시키려고 했던 말이었던 거야? 당신 없으면 나는 무용지물인데……

버팀목이었던 당신을 대신할 건 아무것도 없어.

당신을 데리러 가는 길은 정말 발걸음이 무겁고 힘들었어.

지금도 그 순간은 생각하기 싫지만 당신이 있던 흔적이라서 생각을 안 할 수 없는 곳이라 어쩔 수 없겠지.

지금 나는 방황 중이야. 어릴 때 겪지 않았던 사춘기를 지금 겪고 있는 것 같아. 이 방황이 언제쯤 끝날지 모르겠어.

당신이 내게서 그렇게 훌쩍 떠났듯이 나도 당신 없는 평생을 그렇게 보내겠지.

다른 사람들의 말과 행동은 이제 다 필요 없어.

당신과 나를 생각하고, 우리 아이들 생각하고, 당신이 내게 마지막으로 남겨준 선물(사람들)만 생각해야지. 곁에서 많은 사람들이 도움을 주고 있어.

지금도 떠난 당신을 생각하면 비현실적이고 말도 안 되는 상황이란 생각이 너무 많이 들어.

근데 그냥 놔두려고.

이 세상 어딘가에서 세상을 바꾸기 위해 촬영 갔다고 생각할게. 언젠가 다시 돌아올 거라고.

세상만 바꾸지 말고, 나한테도 신경 좀 써줘. 앞으로도 계속 나 지켜보고 지켜줄 거지?

사랑해. 나만 바라보던 나의 바보.

어제 인터뷰를 했어. 당신이 어떤 사람이었는지 물어보더라.

내가 생각했을 때 당신은 항상 옳고, 열심히 일하고, 끊임없이 노력하고, 하루를 살아도 마지막처럼 최선을 다하는 사람이었어. 무서운 꿈을 꾸고 눈물을 흘리던 나를 사랑으로 안아주던 따뜻한 당신. 가끔 싸우기도 했지만, 서로 이야기하고 금방 풀렸잖아.

나를 토닥여주고, 보듬어주고, 나를 사랑해줄 당신이 이제 없다.

혼자인 내게 따뜻함을 느끼게 해주던 당신은 정말 좋은 사람이었어. 다른 사람들도 나랑 똑같이 이야기하더라. 의리 있고, 힘들 때 도와준 사람, 가족처럼 가족보다 더 따뜻한 사람.

그런 사람이 당신인데 왜 하늘에서 좋은 사람인 당신을 먼저 데리고 갔을까?

하늘이 내가 너무 행복해 보여서 나한테 있는 내 행복을 다 빼앗아간 것은 아닐까 생각해.

그래도 너무한 것 같아.

나는 사랑하는 사람을 잃고 우리 아이들은 아빠를 잃어 평생을 고통 속에서 아파하며 살아가겠지만, 시간이 흐를수록 세상은 무뎌지고 점점 조용해지겠지.

지금은 당신과 박환성 PD님의 이야기를 많은 사람들이 기억하고 생각하고 있지만, 얼마나 갈지 모르지. 그렇지만 나는 기억할게. 나는 생각할게. 당신이 내 곁에 있었다는 것을.

평생 가슴속에 담아두고 있을게. 당신이 다시 태어나면 따뜻한 가정에서 꼭 사랑받고 자랐으면 좋겠어. 지금처럼 힘들게 살지 마.

너무 어릴 때부터 힘들게 살았는데 다시 반복하지 말자.

내가 간절히 바라고 기도하고 또 기도할게.

그리고 다음에 만날 때는 정말 오랫동안 행복하게 살자.

나를 기다리고 있는 당신, 당신을 기다리는 내가,

우리 여보 정말 많이 사랑해.

그대 떠난 빈자리에 아무것도 없었다

2017년 8월 15일, 두 PD가 떠난 지 한 달째 되는 날이자 내 생일.

나는 나를 떠난 그 사람을 보기 위해 납골당으로 갔고, 경준 씨도 형을 만나러 갔다.

경준 씨는 겉으로 표현을 잘 하지 않는 사람이었다. 아무리 힘든 일에도 내색을 전혀 안 하고, 혼자 스스로 다 짊어지려고 했던 박환성 PD의 동생 박경준이었다.

그는 겉으로 티는 내지 않았지만, 가슴은 이미 슬픔으로 가득 차 올라 있었다.

경준 씨는 페이스북에 다음과 같은 글을 썼다.

남아공 화장장에서 제사를 지낸 후 형의 육신을 현지에서 화장했던 2017년 7월 25일.

얼마나 많은 이들이 여기서 재가 되었을까?

형은 그 많은 망자들 중의 한 명일뿐이다. 화장을 하기로 부모님과 합의했지만 현장에서는 망설였다. 모든 비현실적인 생각이 머릿속을 맴돌았다.

부활, 미라, 악마와 거래, 타임머신,…….

화장터에서 형의 관을 불구덩이로 매몰차게 밀어 넣던 그 작업자는 저승사자처럼 보였고 결국 형은 내 손에 한 줌의 재로 안겼다. 또 형의 유골은 고향 땅에 묻혔다.

기구한 운명이다.

형의 육신이 사라지는 게 너무 서러워서 정신없이 연기로 타올라가는 걸 찍었다.

땅에 묻은 형의 유골도 곧 없어질 것이다.

이제는 정말 이름과 작품만 남았구나.

시간은 이조차 점점 희석할 것이다. 두렵고 서럽다.

나 또한 그 순간 두려웠다. 어쩌면 그 사람의 몸이 나와 같이 갈 수도 있을 것이란 희망을 품고 있었는지도 모른다. 그러나 불가능했다. 말라버린 손가락을 보는 순간, 그럴 수 없음을 이미 직감하고 있었을지도 모른다.

남겨진 사람은 지금도 앞으로도 계속 지속적으로 아플 것이다.

그 사람 곁에 영원히 남아 있기 위해 우리 결혼사진과 가족사진, 그 사람의 사진을 납골당에 함께 올려놨다. 우린 항상 함께하고 있겠지?

당신의 아픈 마음을 아는지 하늘에서 엄청 많은 비가 쏟아지기 시작했다.

나는 그래도 당신 마음을 알 것 같다.

내 생일은 8월 15일, 그리고 8월 26일 아들 생일.

생일을 이틀 앞둔 날 다현이가 나에게 질문을 했다.

"엄마, 내 생일날 생일 파티 해줄 거지?"

아차 싶었다.

일주일 전까지 기억하고 있었는데 정신이 없다는 이유로 아이의 생일을 잊어버린 것이었다.

요즘 초등학교에서는 아이가 생일을 맞으면 키즈 카페에서 생일 파티를 열고 친구들을 부르는 게 으레 행사처럼 진행되고 있다. 아마 그게 부러웠던 모양이다.

작은아이는 학교 친구들을 모아놓고 생일 파티가 너무 하고 싶어서 오래전부터 생각하고 있었던 것 같았다. 예전부터 누나가 생일 파티 한 것처럼 하고 싶었겠지.

사실 파티를 해줄 수도 있지만, 이 상황에서 그렇게 하는 건 너무 어렵고 힘든 일이었다. 그냥 단순한 생일 파티도 아니고 생일 파티를 하면 아이들 부모들까지 초대하고 밥도 먹고 수다를 떨어야 하는데, 그렇게 하는 건 나에겐 정말 고통과 다름이 없었다.

"파티는 조금 힘들 것 같아. 엄마가 요즘 많이 힘들어. 미안해.

엄마 좀 이해해줘."

사실 '요즘', '이 상황' 그리고 '힘들어'란 말은 내 핑계가 맞다.

'내가 힘드니 네가 이해해.'

설득하거나 설명하지 않고 그냥 내가 힘드니까 그렇게 못 한다는 말과 뭐가 다른가.

이제 여덟 살인데 이해한다는 건 많이 힘들다는 걸 잘 알고 있다.

너무 잘 알지만, 하하 호호 웃으며 다른 사람들을 마주하기가 아직 어렵다.

그런데 아이는 나를 이해한다고 한다. 사실인지 거짓인지는 중요하지 않다. 그저 계속 울고 힘들어하는 내 눈치를 보고 있는 것 같았다. 그러면서 또 말을 이었다.

"엄마, 생일에 아빠가 해외 출장에서 선물 사 가지고 왔으면 좋겠어."

"누나는 나한테 무슨 선물 줄 거야?"

한껏 부푼 마음과 행복해 보이는 아이를 보니 가슴이 더 아팠다.

장례식이 끝났지만 죽음이 무슨 의미인지 잘 모르고 아빠가 아직 출장에서 안 돌아왔다고 생각하는 것 같았다. 그도 그럴 수밖에 없는 게 워낙 출장이 많았으니까 이해는 됐다.

또 개학을 하고 며칠이 지난 어느 날은

"엄마, 우리 아빠는 언제 와? 다른 친구들은 방학 때 가족끼리다 놀러 갔다 왔다는데……. 치이, 난 놀러도 못 가서 친구들한테 얘기도 못 했어. 아빠 오면 또 베트남 가자고 해야지."

작은아이가 학교 이야기를 하면서 아빠는 언제 오는지 물었다.

"글쎄…… 언제 오실까……."

나는 아이가 원하는 대답을 하지 못했다.

'엄마도 아빠가 돌아왔으면 좋겠어, 다현아.'

속으로 말했다.

다만 눈물이 왈칵 쏟아졌다. 여덟 살 난 작은아이는 친구들이 휴가로 어딜 다녀오고, 어떤 놀이를 했고, 어떤 곳을 갈 건지 이야기를 들었다고 했다. 그래서 본인도 가고 싶다는 말이었다. 벌써 그 사람이 떠난 지 시간이 흘러 한 달이 넘었고 49재를 지냈고, 세 달이 지났지만 우리 아이들에게는 아빠가 출장 간 시점에서 시간이 멈춘 것 같았다.

'사랑하는 다은아, 다현아, 아빠는 너희를 엄청 사랑하셨어. 비록 그 사랑을 앞으로 직접 느끼지 못하겠지만, 분명히 시간이 지나면 가슴으로 느끼는 날이 올 거야. 엄마는 믿어.'

당신을 떠나보내는 49재.

벌써 그 사람의 영혼을 보내는 날이 됐다. 대체 왜 떠나보내야 한다는 것인지 잘 모르겠다. 다른 사람들도 다 이렇게 하니까 나도 이렇게 해야 한다는 건 아니란 생각이 들었다.

그래도 많은 사람이 김광일을 떠나보내는 길에 함께했다.

그간 함께하며 울고 웃었던 날들이 다시 떠올랐다.

사람들의 눈물, 그리고 가슴속에 영원한 별이 되어 그렇게 당신은 멀리 떠났다.

그리고 시간이 흘러 2017년 10월이 됐다.

난 아직도 7월 24일과 25일 내가 김광일의 육신을 보는 마지막 순간에서 시간이 멈춰 있다.

이젠 마주할 수 없고, 다시는 대화할 수 없고, 앞으로는 만질 수도 없다.

내가 할 수 있는 마지막은 내 따스한 온기로 최대한 많이 당신을 만지는 일이다.

그.러.나 이내 울음을 터뜨렸다. 내가 알고 있는 그 사람이 아니다.

입술은 퍼렇고, 얼마나 고통스럽고 아팠던지 표정이 없다.

내가 사랑하는 당신의 시계는 멈췄다. 나는 내가 기억할 수 있는 한 최대한 기억해내본다.

다시, 두 뺨 위로 따뜻한 물방울이 주루룩 흘러내린다.

아마, 사랑하는 마음이 너무 크게 자리 잡고 있었기 때문에 당신을 보내야 한다는 것을 실감하지 못하고 아파하기만 했던 것 같다. 그래서 내 심장은 당신 시신을 마주했을 때처럼 요동치고 있었다. 아니길, 아니었기를 바라고 또 바라왔건만 사랑하는 나의 당신은 이제 없었다. 나는 혼자였다.

시간은 흐르고 흘렀다. 추석이 되었고, 당신을 위한 차례를 지냈다.

한 번도 차려본 적 없는 차례상을 차리기 위해 두 달 전부터 제기를 준비했고, 제사를 지낼 상을 샀으며 향을 피워놨고, 며칠 전부터 음식 준비를 했다.

정신없었고, 힘들었고, 가슴이 아팠다.

차례를 지내는 추석 당일 아침, 아이들은 정신없이 비몽사몽으로 앉아 아빠에게 술을 따르고 향을 피웠다. 아이들은 차례를 지내고 그대로 다시 잠이 들었다.

앞으로 아이들과 내가 당신을 그리워하며 차례를 지내고, 제사를 지내야 할 텐데 이것조차도 언젠가 익숙해지겠지.

남겨진 내가 보내는 오늘 하루는 또다시 아픔이었다.

사랑은 온데간데없이 사라지고 그리움만 덩그러니 남았다.

누구에게나 시련은 다가온다

누구에게나 시련은 있다.

그게 나일 거라곤 전혀 상상도 못 하고 있다가 문득 고개를 돌려보니 내 이야기였다.

나는 언제부턴가 영화나 드라마, 뉴스에 나오는 잔인하고 아픈 모습을 보면 내 살갗도 아팠다. 따갑고, 소름이 돋고, 그 통증이 고스란히 전해졌다.

왜 그런지 나도 모르겠다.

그러곤 아픔, 슬픔, 고통, 답답함, 우울감, 상실 등 많은 감정을 느껴야만 하는 순간이 찾아왔다. 미리 간접적으로 느꼈던 감정들을 이제는 직접 느끼고 있었다.

왜 이렇게 일찍 찾아왔을까? 왜 내가 이런 고통스러운 일을 겪어야 할까? 하는 감정보다는 그 사람이 느꼈을 통증과 슬픔, 억울함이 더 크게 와 닿았다.

시간이 지남에 따라 그 아픔은 점점 더 커지고 있다.

그 사람은 사고가 나는 순간에도 분명히 숙소에 가서 빨리 쉬고 싶었을 것이다. 나에게도 계속 힘들다고, 오늘 하루도 이렇게 끝났다며 하루빨리 한국으로 돌아가 쉬고 싶다고 이야기했으니 말이다. 자꾸 그 크기가 점점 더 커지면서 내 머릿속에 집착처럼 고착되어 있으리라 생각한다.

처음, 그 사람의 사고 소식을 듣고 힘들어하며 보내던 시간 동안 유일하게 버틸 수 있었던 것은 그 사람에 대한, 박환성 PD님에 대한 사고 이야기를 남기는 책을 쓰자고 마음을 먹은 다음부터였다.

추억을 모으고, 사진을 담고, 우리가 함께했던 시간을 떠올리는 일이 좋았다. 몇 번의 우여곡절이 있었지만, 그래도 버티고 있었다. 내가 버텨내고 책을 완성해야 그다음 일을 할 수 있을 거라고 생각했기 때문이다. 그 일련의 과정들이 지나야 다른 사람들도 이 사람의 이야기를 알 수 있다고 생각했고, 그러길 바랐다.

내 머릿속은 온통 사고가 난 순간에 대한 생각으로 가득 차 있다. 사고가 나는 그 순간, 어떤 마음이었을까. 그 순간, 어떤 아픔을 느꼈을까. 그 찰나, 어떤 소리를 냈을까. 자꾸 아픔이 느껴졌다. 그 아픔은, 그 상실감은, 그 고통은 아마 우리가 느끼지 못할 만큼 컸을 것이라 생각한다. 책을 쓰고 있는 지금도, 나는 우울감, 상실감, 만감 등이 교차하고 있다. 내가 이렇게라도 하지 않으면 버티지 못하고 뿌리부터 천천히 썩어 다시는 살아나지 못하는 나무처럼 될 것이란 생각이 든다.

결국에는 나도 죽어가겠지. 내가 살아가면서 버텨야 하는 그 아픔의 크기는 내 한계를 벗어나 너무 커다랗게 다가옴을 느꼈다.

남겨진 사람들

시간은 흘러 어느덧 두 PD가 떠난 지 4개월하고도 보름이 지나 12월에 접어들었다.

나는 여전히 한 집안의 가장으로 두 아이의 엄마로 또 세 딸 중 둘째 딸로 열심히 살고 있다.

그 사람의 아내로서 내 남편이었고 죽을 때까지 내 그림자일 그 사람, 김광일을 기억하면서 말이다. 시간이 흐르는 동안 참 많은 일들이 있었다.

추석에 난생처음 차례를 지냈고, 허공을 향해 소리를 지르며 그 사람도 찾아봤고, 마음으로 다짐하면서 아이들과 부둥켜안고 울기도 했다.

국정 감사는 두 PD의 이야기를 제대로 꺼내보지도 못한 채 그냥 마무리됐고, 처음에 발 벗고 나섰던 PD들도 한 집안의 가장이었기 때문에 자신의 생계를 위해 하나둘 떠나갔다.

결국 내가 처음 생각했던 혼자 남겨져 싸워야 하는 상황과 마주했고, 나는 혼자서 이겨내야 했다. 박환성 PD님의 동생인 경준 씨도 그랬고, 그 부모님도 아픔을 혼자서 이겨내야 했다. 그도 그럴 수밖에 없는 게 당사자는 그냥 우리들이기 때문에 누군가 나서서 할 수 있는 일이 없었기 때문이라 생각한다.

그가 떠나고 어느 날 몸살에 된통 걸린 적이 있다.

그날은 일을 하는 날이었고, 방송 사고를 막기 위해 약으로 간신히 버티면서 일을 이어나갔다. 너무 눈물이 났다. 이를 악물고, 흔들리는 내 심장을 붙들고 악착같이 버티고 또 버텨나갔다. 내평생의 조력자가 이 세상에서 사라졌으니 내 몸은 내가 챙겨야 하는데 그러지 못했다. 내 몸을 돌볼 겨를이 없었다. 나는 약해빠져 있었다.

그럼과 동시에 이 악조건 속에서도 무조건 버텨야 한다고 나에게 최면을 걸고 있었다. 그 최면이 앞으로 나에게 어떤 영향을 줄지는 모르겠다. 그저 더는 아픈 일이 다시 생기지 않기만을 바라고 있을 뿐이다.

내가 책을 써야겠다고 생각한 시점은 그 사람이 떠났다는 소식을 듣고 난 직후였다.

너무 허무하고 억울했다. 많은 시간이 흐른 뒤에야 비로소 사랑하는 그 사람의 시신과 마주해야 했다. 왜 하필이면 다 말라버린 그 사람의 빈 껍데기와 마주해야 하는지 하늘이 원망스럽고, 사고를 낸 장본인이 너무 미웠다. 혼자 떠났어야 하는 남아공 현지인.
그러나 사고의 주범은 내가 사랑했던, 앞으로 여생을 행복하게 보
낼 수도 있었던, 그 사람의 나머지 인생을 앗아갔다.

아빠에게 사랑받았던, 더 많은 사랑을 받으며 자라야 하는 두
아이들에게 상처와 무거운 중압감만 덩그러니 남겨놓고 그 사람
을 데리고 갔다.

나는 아직도 그 사람의 흔적을 보며 아파하고, 그리워하며, 다
른 사람에게 들키지 않기 위해 가면을 쓴 채로 살아가고 있다.

우리 동네에 내가 남편이 없고, 혼자라는 사실을 아는 이는 없
다. 아이들이 다니는 학교에서도 담임 선생님과 교장 선생님 이외
에는 아무도 모른다. 그도 그럴 수밖에 없는 게 내가 혼자라는 사
실을 들키면, 아이들이 아빠가 없다는 게 알려지면 주변에서 아
이들과 나를 표적으로 삼고 글로써 말로써 상처를 낼 게 뻔했기
때문이다.

게다가 범죄에 취약한 주택에서 살고 있는 우리이기에 범죄의
대상이 될 수도 있기 때문에 아이들과 나는 주변 사람들에게 이
사람이 멀리 출장을 갔다고 말했다.

그게 차라리 더 나았다. 우리도 그렇게 생각하기로 했다.

그는 남아공으로 갈 무렵 여러 일 때문에 많이 힘들어했었다.
방송 프로그램이 안 풀리기도 했고, 제작사에서 버림을 받기도 했
으며, 부모님과 이사 문제로 충돌을 겪으며 여러 번의 시련을 겪어
야 했다. 또한, 가장이라는 무거운 짐을 어깨 위에 점점 많이 쌓으

면서 정작 본인은 앞으로 꼬꾸라지고 있었다.

　방송 일에 대한 회의와 방송으로 세상을 바꾸지 못함을 깨닫고 하던 모든 일을 접기로 결정을 했다. 그래서 늦었지만 자신이 가장 잘할 수 있는 다른 일이 무엇인가를 찾다가 푸드 트럭에 도전하기로 했다. 남아공을 다녀와서 제2의 인생에 도전하며 열심히 살아야겠다고 생각했다. 그렇지만 아마 그는 돌아와서도 계속 방송 일을 했을것이다.

　이 세상에 그냥 묻어두기엔 너무도 성실하게 열심히 살았던 사람이기에 세상에서 조용히 사라지는 것을 나는 용납하고 싶지 않았다.

　'이번이 마지막이야, 이젠 그만하고 싶어. 빨리 한국 가고 싶다. 너무 보고 싶어.' 등 달콤하고 따뜻한 말을 내게 해주던 그 사람. 가끔은 약해지는 모습이 너무 잘 보였기에 남아공이라는 타국에서 하루빨리 귀국하기를 바라고 있었다. 한국에 들어오면 이제 다 내려놓고 함께 행복하게 살 수 있을 줄 알았는데 그건 꿈이었다. 모든 것은 뜻대로 되지 않았다. 이 세상에 나만 남겨둔 채 그 사람은 차가운 바닥에서 피를 흘린 채 쓰러져갔다.

　내가 조금만 아파도 내가 조금만 다쳐도 조심하지 않고 상처를 냈다고 자신의 몸이 다친 것처럼 화를 내며 치료를 해주던 그였는데 내게는 그렇게 그 사람을 따뜻하게 보듬어줄 시간조차 주어지지 않았다.

　그 사람의 상황조차 모르고 있었다는 생각에 나 자신에게 너무 화가 많이 났다.

　내가 그의 시신을 수습하러 남아공으로 갈 때 언론사에서 공론화하는 기사를 내줘서 많은 국민이 그 일에 관심을 가져주었다. 그리고 사람들은 내 아픔을 함께했고, 힘들어하며, 평생을 도와줄 것처럼 나서기도 했다. 그러나 역시 한 달, 두 달, 세 달, 네 달, ……．

　사람들은 세월호 사고가 있었을 때 다 같이 들고 일어섰다가 자신의 일이 아니기 때문에, 세월호 사고를 잊고 다른 이슈를 찾은 것처럼 두 PD의 사고는 잊고 새로운 이슈를 찾아 나섰다.

　누군가 산 사람은 살아야 한다고 말하며 책을 쓰는 게 뭐가 그렇게 중요하냐고 그냥 많은 일을 하며 살아가라고 말했다. 하지만, 내가 할 수 있는 업무의 양도 정해져 있고, 내가 참을 수 있는 버틸 수 있는 한계도 벗어났기 때문에 그건 그저 먼 이야기라고 생각했다.

　"산타 할아버지, 크리스마스 때 선물로 우리 아빠를 보내주세요. 제발, 부탁이에요."라며 산타 할아버지에게 기도하던 다은이의 소원처럼 크리스마스에 산타 할아버지가 선물로 아빠를 우리 곁으로 보내주면 얼마나 좋을까. 하지만, 그럴 수 없다는 것은 이미 누구나 다 아는 이야기다. 다만, 아직 어린 다은이와 다현이의 가슴속에는 아빠가 다시 돌아올 수도 있을 것이란 희망이 남아 있다. 그것을 빼앗고 싶지는 않았다. 그래서 다은이에게 이야기했다.

"아빠가 그날 분명히 다은이 꿈속에 나타날 거야! 그러니 우리 힘내서 함께 기다리자."라고 말이다.

나는 이 세상에서 두 사람이 잊히지 않고 오랫동안 기억됐으면 좋겠다.

그러기 위해서 나는 악착같이 버텨야 하고 이 삭막한 세상을 가로지르며 살아나가야 한다.

그러나 아직 희망은 있다.

남겨진 우리를, 그리고 몸은 비록 떠났지만 우리들 가슴속에 영원히 남아 있을 두 사람을 기억해주는 분들이 있는 한 나도 용기 내서 이 사람과 함께 평생을 달려보려고 한다.

사랑하는 우리 두 아이들과, 이 세상에 존재하진 않지만 나와 평생 함께할 그 사람을 위해서 말이다.

자투리 – 남겨진 '유족' 그들의 이야기

Q. 고(故) 박환성, 김광일 PD의 사고 소식을 어떻게 접하게 됐나?

20일 오전 11시쯤 외교부 직원으로부터 전화가 왔다.

Q. 사고 소식을 접했을 때 어떤 심정이었나?

이게 도대체 무슨 일이지…….

동명이인이거나 착오가 있었을 거야.

Q. 사고 이후 대사관이나 외교부에서 어떤 연락을 받는지?

20일 오후 남아공 현지 대사관에서 추가 전화를 받았다. 신상, 가족 관계를 한 번 더 확인하고 '아, 진짜구나.' 했다.

다음 날 날이 밝으면 사고 현장으로 가서 실태 파악 후 다시 연락을 한다고 했다.

Q. 사고 소식 이후 어떻게 버텼나?

공황 상태가 왔다. 무엇을 어떻게 해야 할지 아무런 생각이 나지 않았다.

Q. 이 비보를 접하고 부모님께 어떻게 전달했나?

전화로는 얘기할 수 없어서 그날 바로 고향행 비행기를 탔다. 머릿속은 내내 어떻게 말을 꺼낼지 고민이었다.

하지만 부모님은 SNS를 통해 사고 소식을 알게 된 친척들의 확인 전화로 내가 도착하기 전에 알게 되셨다. 도착해보니 어머니는 이미 실신할 정도로 울고 계셨다.

Q. 남아공으로 떠나기 전 뭔가 특별한 말이 없었나?

시신 처리 문제로 친척들이 모여 가장 많이 고민을 했었다.

여러 논의 끝에 결국 화장해서 유골과 같이 귀국하는 것으로 결정했다.

Q. 남아공으로 떠나기 전 박환성 PD의 사무실인 블루라이노 픽처스에서 모임이 있었다는데?

전해 들은 이야기다.

EBS와 분쟁 중이었고 제작비와 일정이 모두 여유롭지 않았다. 하지만 형은 작품은 어떻게든 완성하고자 하는 의무감 때문에 촬영을 강행했고 이를 응원하기 위해 동료 PD들이 사무실에 모여 격려의 자리를 가졌다.

만약의 사태(형은 불상사가 일어날 것을 예감했을까?)를 대비해 EBS 소송을 위한 자료를 떠나기 전 최영기 PD에게 위임을 했다.

이날 블루라이노 픽처스 사무실에서 가진 모임이 마지막 모임이 되었다.

Q. 유족들이 남아공으로 출국하기까지 우여곡절이 많았다던데?

부모님이 동행하고 싶어 하셨다. 장남을 못 본 지가 1년이 다 되어갔고 마지막 모습이라도 직접 보고 싶어 하셨다. 하지만 먼 거리, 심한 시신 훼손 상태 등으로 결국 동행을 포기하셨다. 이는 두고두고 가슴에 한으로 맺히리라.

Q. 두 PD의 시신을 수습하러 가는 길에 출국장에서 인터뷰를 했는데 어떤 마음이었나?

유가족이 되어서 하는 인터뷰를 하는 심정은 처참하다. 그날 내가 무슨 발언을 했는지 기억도 나지 않는다. 협회 도움으로 가는 것이니 절차에 협조해야겠다는 생각도 했다.

Q. 남아공 도착했을 때 기분이 어땠나?

형이 아닐 수도 있다는 실낱같은 기대를 품고 있었다. 하지만 정말 형이면 그때는 어떻게 해야 하나 하는 절망도 같이 존재했다.

Q. 남아공 도착 후 시신 확인을 위해 영안실부터 갔는데 시신 확인 전 어떤 생각이 들었나?

두려웠다. 정말 두려웠다. 형이 아니길 정말 간절히 바랐다.

Q. 남아공에서 박환성 PD의 시신과 마주했을 때 어떤 마음이었나?

절망 그 자체였다. 부모님 얼굴이 떠올랐고, 남아공으로 떠나기 전 만났던 모습도 떠올랐다.

Q. 박환성 PD를 만났을 때 제일 먼저 해주고 싶은 게 있었나?

이 부분은 아무 생각이 없었다.

Q. 시신 확인 후 폐차장에서 두 PD가 타고 있던 차량을 보니 어땠나?

심한 파손 상태에 놀랐고, 싸구려 차량을 렌트한 것에 또 놀랐다.

Q. 시신을 화장하겠다고 결정한 계기가 있다면?

시신과 같이 귀국할 수 있었다면 화장하지 않았다. 어머니께

서 운구를 위해 시신만 2주 넘게 홀로 남겨둘 수 없다는 의견이 강했다.

Q. 박환성 PD를 화장할 때 어떤 마음으로 마주하고 있었는지?

화장을 정말 하고 싶지 않았다. 온갖 생각이 들면서 어떻게 하면 다시 살릴 수 있지 않을까 하는 생각만 들었다.

Q. 고인의 유품이 있던데 유품을 보고 어떤 마음이 들었나?

유품도 처참히 파손이 되어 있었다. 사고 당시 얼마나 고통스러웠을까 하는 생각이 많이 들었다.

이 많은 장비를 가지고 둘이서 다 작업했다고 하니 너무 애처로웠다.

Q. 고인과 함께 고국으로 돌아오는 길, 마음이 편치 않았을 것 같다.

부모님께 일 년 가까이 보지 못한 장남의 유골만을 안겨드리는 게 너무 슬펐다.

Q. 공항 입국장에서 인터뷰를 했는데 어떤 마음으로 인터뷰를 했나?

두 PD가 이렇게 사고를 당할 수밖에 없는 처지를 가능한 한 많이 알리고 싶었다.

Q. 독립PD협회장으로 장례를 치렀는데 어떻게 결정된 건가?

형이 독립PD협회 정회원이다. 그리고 EBS와의 분쟁을 공론화해서 사회적 이슈를 만들고자 했다.

Q. 장례식에 많은 분들이 오셔서 두 PD의 죽음을 애도했다. 정신이 없었을 것 같은데 이분들께 전하고 싶은 말이 있나?

도대체 왜, 어떻게 죽은 거야? 오로지 이 의문만 들었다.

Q. 장례식 후 장지는 어떻게 결정한 건가?

아버지가 가문의 선산에 묻히게 했다. 하지만 부모님을 제외한 모든 이들이 좋아하지 않는다. 나도 마찬가지이다. 찾아가기도 힘들며, 가도 아무런 표식이 없다.

Q. 사후 보상 문제라든가 처리는 어떻게 진행되고 있는가?

독립PD협회 고문 변호사의 도움을 받고 있다.

Q. 현재 어떤 심정으로 살고 있나?

힘들다. 슬픔을 덜어줄 형의 가족도, 날 위로해줄 내 가족도 없다. 오로지 부모님 그리고 나뿐이다. 아픔을 그대로 받고 있다.

이메일 등에서 형이 악착같이 살아남고자 하는 의지를 보이는 내용을 볼 때면 더 가슴이 아프다. 정말 힘들다.

Q. 박환성 PD에게 하고 싶은 말이 있다면?

이렇게 순간 허무하게 가버리다니 그동안 쌓아온 인생이 너무 아깝고 억울하다.

난 종교가 없다. 아무리 추모하고, 제사를 지내도 죽으면 그뿐이다.

Q. 앞으로의 계획은?

형의 프로듀서로서의 이름을 최대한 길게 기억되게 하는 것이다.

Q. 고(故) 박환성, 김광일 PD의 사고 소식을 어떻게 접하게 됐나?

정확히 기억한다. 19일 수요일 방송국에 시사가 있어서 갔는데 오전 11시 40분에 독립PD협회 송규학 협회장님이 연락을 주셨다.

해외 촬영을 가면 수신 상태가 안 좋아서 연락이 안 되었던 적이 한두 번 있었기에 '연락하겠지.' 하며 기다리고 있었다.

수요일은 우리 프로그램 시사하러 가는 날이라 이 사람에게 오늘 시사 다녀온다고 문자를 보내고 회사를 갔다. 이렇게 오랫동안 연락이 안 된 적이 없었는데 이상하기는 했지만, 별일 있겠냐 하며 기다리던 차에 말도 안 되는 엄청난 일이 벌어졌다는 소식을 들었다. 남아공에서 7월 14일 현지 시각 20시 45분쯤 김광일, 박환성 PD가 사망했다는 것이다. 너무도 말이 안 되는 상황이 발생했다.

충격 그 자체였다. 나는 고(故) 김광일, 박환성 PD의 비보를 그렇게 전해 들었다.

Q. 사고 소식을 접했을 때 어떤 심정이었나?

하늘이 무너져 내리는 심정이었다. 어떻게 나한테 이런 말도 안 되는 일이 일어났을까? 다른 사람도 마찬가지겠지만, 이런 일은 있어서도 안 되는 일이라고 생각한다.

이 사람 없이 어떻게 세상을 살아가야 할지, 그리고 계속 울고 있었지만 실감이 전혀 나지 않았다. 실감이란 게 본인이 직접 몸과 마음으로 공감해야 느낄 수 있는 부분이라고 생각하는데 말만 듣고 판단하기에는 그냥 거짓말일 것이라 생각했다.

Q. 사고 이후 대사관이나 외교부에서 어떤 연락을 받는지?

내 친동생이 직접 대사관에 연락을 취하고 수소문을 했다. 상황이나 정확한 부분을 들어야 해서 그랬다. 그러나 돌아오는 대답은 그냥 교통사고, 상대방 차량의 졸음운전으로 사고사 했다는 이야기였다. 그래서 왜 현지 날짜 14일, 저녁 8시 45분에 난 사고를 지금 알았느냐고 따졌었다. 경찰이 늦게 알려줬다는 답변이었다. 사실 이해가 안 되는 부분이 너무 많다.

Q. 사고 소식 이후 어떻게 버텼나?

매일을 눈물로 지냈다. 실감을 할 수 없었다. 이 사람이 그렇게 허무하게 죽으리란 건 상상조차 할 수 없었고, 상상하기도 싫은 일이다. 그런데 혼자서 그 일을 어떻게 감당했겠는가. 전혀 감당할 수 없어서 온 가족이 총출동해서 여기저기 알아보러 다니고 독립PD협회와 EBS에서 사람들이 찾아오고……. 그래서 점점 실감을 해야 했다.

Q. 이사를 갔다고 하는데 어떻게 이사를 했는지?

19일에 사고 소식을 전해 들었고, 그 후로 3일 뒤인 22일에 이사를 했다. 전날 이삿짐 정리도 못 하고 그 사람 짐만 따로 분실되지 않게 포장해서 놨다. 그리고 포장 이사를 했다. 어떻게 이사를 했는지 잘 모르겠다. 그래도 그 사람이 놓으라고 했던 곳에 짐을 잘 놓긴 했는데…… 그게 무슨 소용인지 모르겠다. 자기 집을 놔두고 대체 어디로 간 것인지 왜 내 옆에 없는지 정말 답답하다.

Q. 이 비보를 접하고 아이들에게 어떻게 전달했나?

아이들에겐 말하지 못했다. 남아공에서 시신 수습하고 하려고……

Q. 남아공으로 떠나기 전 뭔가 특별한 말이 없었나?

그 사람이 "왜 이렇게 가기 싫지?" 하면서 가기 되게 힘들어했다. 나도 사실 가지 않았으면 했고, 기분이 되게 안 좋았다. 그 사람도 분명히 그런 느낌이 있었던 것 같은데…….

Q. 남아공으로 떠나기 전 박환성 PD의 사무실인 블루라이노 픽처스에서 모임이 있었다는데?

EBS 소송건 때문에 모인 것으로 알고 있다. 남아공으로 떠나기 전 독립PD협회 PD들과 만나서 많은 이야기를 했다고 알고 있다.

Q. 두 PD의 출국 날짜는 언제였나?

2017년 7월 8일이었다. 그 사람은 무거운 발걸음으로 공항에 갔다.

Q. 남아공에서 김광일 PD가 많이 힘들다고 했다던데, 구체적으로 어떻게 이야기했는지 말해달라.

남아공은 겨울이다. 우리나라처럼 그렇게 춥지는 않지만 지역마다 추위가 다르다고 하더라. 그래서 밤에 점퍼를 입고 자는데도 추워서 덜덜 떨고 잠도 제대로 못 잤다고 했다. 그리고 시간이 너무 빠듯하니 연락할 시간도 없지만 잘 있으니 걱정 말라고 나를 안심시켰다.

Q. 유족들이 남아공으로 출국하기까지 우여곡절이 많았다던데?

남아공으로 출국하기 전 시신 수습을 위해 서류를 준비해야 했고, 이것저것 알아볼 일들이 많았다. 그리고 관공서가 한국과 마찬가지로 남아공도 쉬기 때문에 일요일에 출국해서 월요일에 도착했다.

Q. 두 PD의 시신을 수습하러 가는 날 출국장에서 얼굴이 안 보였다. 왜 그랬나?

출국장에 분명히 있었다. 그러나 인터뷰를 하면 아이들이 알게 될까 봐 인터뷰를 하는 것이 두렵기도 했고 조심스러웠다. 또, 아이들 학교 부모, 친구들이 알면 우리 아이들에게 어떻게 대할지를 생각하니 좀 꺼려졌던 것도 있다.

Q. 남아공 도착했을 때 기분이 어땠나?

점점 실감 나기 시작하면서 두려움도 함께 찾아왔다.

Q. 남아공 도착 후 시신 확인을 위해 영안실부터 갔는데 시신 확인 전 어떤 생각이 들었나?

가기 전에 시신이 많이 훼손되었다는 말을 들었다. 많이 상해 있으면 보기 힘들 것 같아서 어떻게 해야 하나 걱정이 앞섰다.

Q. 고(故) 김광일 PD를 마주했을 때 어떤 마음이었나?

'당신이랑 함께 가려고 내가 여기까지 찾아왔어.' 하며 확인을 했던 것 같다. 보기 전에는 그랬는데 얼굴을 보자마자 이게 진짜 그 사람인지 아닌지 확인을 했다. 맞다고 하면서도 나는 아니길 바라는 마음이 컸는데…… 그 사람이었다.

근데 내가 알던 그 사람 촉감이라든가 모습이 아니었던 것 같다. 평소 내가 몸이 차서 그 사람이 체온으로 따뜻하게 해줬었는데 그때 느꼈던 그 체온도 아니었고, 너무 차갑게 식어버린 그 사람을 보면서 너무 아팠다.

어쩜 그렇게 아무 말 없이 누워만 있을 수 있는지…….

말도 안 된다고 생각해 다시 만지고 또 만지고…….

손도 어떻게 그렇게 말라버릴 수가 있는지 도무지 이해가 안 되는 상황이었다. 배에 부검한 자국도 남아 있고, 어떻게 사람이 그렇게 될 수 있는지 이해가 안 됐다.

Q. 남편인 김광일 PD를 만났을 때 제일 먼저 해주고 싶은 게 있었나?

안아주고 싶었다. 이미 식어버린 육신이었지만, 나는 그 사람을 사랑했고, 그 사람 또한 나를 사랑했으니 내가 아는 그 사람이 맞을 것이라 생각해서.

안아줬다. 머리도 쓰다듬어줬고, 이마와 볼에 뽀뽀도 해줬는데…….

이미 우리나라 시각으로 15일 새벽 내 꿈에 나타나서 자신의 죽음을 알리고 싶어 했던 것 같다. 사고 난 시각이 우리나라 시각으로 15일 새벽 3시 45분이었는데 15일 새벽에 꿈에 나타났었다. 가기 며칠 전 폐차를 해서 그 당시 그 자리가 비어 있었다. 그 빈 주차장에 낯선 차량이 있고, 유리창이 많이 깨지고 훼손되어 있었다. 그리고 그 사람이 화가 난 모습으로 나에게 무슨 말을 하고 싶어 했는데 소리가 전혀 들리지 않았다. 그때 무슨 일이 있나 싶어서 계속 전화해보고 연락을 취했는데 연락이 안 됐다.

그리고 사고 소식을 접했을 때 꿈에 한 번 더 나타났는데 시체처럼 누워 있고 내가 그 사람을 만지고 쓰다듬으니 그 사람이 웃으며 나 만져도 감각이 없으니 많이 만지지 말라고 하더라. 그렇게 잠에서 깨어나 펑펑 울었다. 아마, 그 사람이 마지막으로 가기 전에 자신의 시신을 보고 안아주고 한 번만 만져달라고 그런 꿈을 꾼 것이 아닐까 생각한다. 그래서 안아주고, 손도 잡아주고, 뽀뽀도 해주고, 쓰다듬어줬다. 근데…… 너무 다른 사람처럼 변해 있었다.

Q. 시신 확인 후 폐차장에서 두 PD가 타고 있던 차량을 보니 어땠나?

충격 그 자체였다. 어떻게 거기서 이 두 사람을 꺼냈을까 싶을 정도로…… 충격이었다.

Q. 시신을 화장하겠다고 결정한 계기가 있다면?

시신을 2주 동안 그곳에 더 놔둘 수가 없었다. 그리고 나와 함께 고국으로 빨리 돌아오고 싶어 할 것 같아서 심사숙고하여 화장으로 결정했다.

Q. 편지가 남겨져 있던데 언제, 어떤 마음으로 쓴 건가?

이 사람에게 줄 수 있는 게 없었다. 사랑하는 마음을 많이 표현하긴 했지만, 거기서 마지막으로 한 번 더 써서 보내주고 함께 한국으로 오고 싶었다.

사랑한다고 죽을 때까지 말해달라고 한 적도 있었는데…….
그리워하는 마음으로 편지를 썼다.

Q. 고인의 유품이 있던데?

박환성 PD님 카메라 가방들과 캐리어, 그리고 이 사람 가방이
있었다. 근데 이 사람 핸드폰이 커버만 남아 있고 핸드폰과 충전
기 배터리는 없더라. 또 손에 끼었던 반지조차도 사라졌더라. 결
혼반지인데…… 사라졌다.

차에서 시계도 발견됐다. 그 시계는 돌아가고 있었다. 그들이
하고 싶은 말을 시계에게 다 남겨놓았을 것이라 생각한다. 남아
있는 사람들에게 주어진 과제일 거란 생각이 든다.

Q. 고인과 함께 고국으로 돌아오는 길, 마음이 편치 않았을 것 같다.

핸드폰에 사진이나 기록들이 남아 있었을 텐데 그조차 건지지
도 못했고, 반지조차 사라져 허탈했다. 게다가 사랑하는 사람이
한 줌의 재로 변했으니……. 사람은 자연에서 와서 자연으로 돌
아간다는 말이 있긴 하지만 정말 허무했다. 허무함을 직접 경험
하고 보니 살아도 사는 것이 아니란 생각이 들었다.

Q. 침묵하고 있다가 공항 입국장에서 인터뷰를 했는데 어떤 마음으로
인터뷰를 하게 된 건가?

남아공에서 한국으로 오는 길은 정말 발걸음이 무거웠다. '아,

이제 시작이구나.' 싶은 생각도 들었고 어떻게 해야 할지 막막했다. 그러나 홍콩에서 한국으로 돌아오는 3시간 동안 많은 생각을 했다. 이 사람이 이렇게 떠나갔는데 나는 끝까지 입을 다물고 있어야 할까? 아니면 말을 해야 할까? 그런데 가만히 있는 것은 고인에 대한 예의도 아니고 사랑하는 사람에 대한 예의도 아니라고 생각했다. 그래서 내가 하고 싶은 말을 메모장에 빼곡하게 적었다.

이 사람이 하고자 했던 일, 결국엔 자신의 희생을 통해서라도 변화가 되길 바라고 있었던 것이 아닐까? 마지막이라고, 마지막으로 하고 싶었던 일을 하고 싶다고 했던 그 사람.

그 마지막이란 건 어떤 의미에서든 다시금 생각해봐야 한다고 생각한다. 이런 불상사는 우리가 마지막이어야 한다고, 다시는 이런 일이 있어서는 안 된다고 그가 생각하지 않았을까 싶다.

그 사람이라면 그러고도 남았을 것이라고 본다.

Q. 장례식장에서 아이들을 만났는데 기분이 어땠는지?

장례식장으로 가는데 언니에게서 전화가 왔다. "어떡하지? 말은 안 했는데 애들이 왜 아빠가 저기 있냐고, 아빠 죽었냐고 계속 물어봐. 어떡해……" 하면서 언니가 흐느끼는 소리가 수화기 너머에서 들려왔다. 이미 각오는 하고 있었다. 아이들을 보니 어떻게 말을 해야 할지 막막했다. 아이들도 나를 보고 울기 시작했는데 아이들에게 이렇게 말했다.

"아빠는 항상 우리를 지켜보고 계셔. 가슴속에 영원히 살아 계셔……."

함께 부둥켜안고 울기 시작했다.

Q. 독립PD협회장으로 장례를 치렀는데 어떻게 결정된 건가?

독립PD협회랑 박환성 PD 유족들과 함께 결정했다.

Q. 장례식에 많은 분들이 오셔서 두 PD의 죽음을 애도했다. 정신이 없었을 것 같은데 이분들께 전하고 싶은 말이 있나?

소식 듣고 많이 와주셔서 감사합니다.

지금 이게 현실인지 꿈인지 모르겠습니다.

Q. 장례식 후 장지는 어디로 결정한 건가?

인천시 부평 가족공원 납골당에 모셔놨다. 아이들도 너무 어리고, 더 자주 찾아갈 수 있는 부평 가족공원으로 정했다.

Q. 사후 보상 문제라든가 처리는 어떻게 진행되고 있는가?

남아공 사건 처리를 지금 EBS 법무 팀에서 계속 수습 중이다. 근데 그게 과연 될지 모르겠다.

Q. 현재 어떤 심정으로 살고 있나?

'현재 나에게 미래는 없다.'라는 생각으로 하루를 연명하며 겨우 버티면서 살고 있다. 곁에 언제까지나 든든하게 서 있을 것 같던 사랑하는 사람이 먼저 떠나버렸다. 여러분이라면 어떠하겠는가? 이건 정말 말로도 다 표현을 못 하는 비통한 심정이다. 지금도 혼자 살아서 뭐하나 그 사람 따라 죽고 싶은 마음은 굴뚝같은데 아이들도 있고, 숨이 붙어 있어 겨우 살고 있다.

Q. 배우자인 고 김광일 PD에게 하고 싶은 말이 있다면?

사랑해. 그리고 정말 곁에 있을 때 더 많이, 더 애틋하게 안아주지 못하고 표현하지 못해서 미안해.

Q. 앞으로의 계획은?

이 사람을 만나기 위해 악착같이 버티며 이 세상에 그 사람을 소환하겠다.

독립 PD 이야기

독립 PD로 사는 풍경

오영미

그는 케이블 방송을 그만둔 뒤에 거의 1년 가까이 쉬면서 알바를 다니고, 다른 사람 일을 도왔다. 업무량은 정말 많았는데 돈은 적었다. 카메라 감독이 촬영을 하면 금액도 크고, 시간도 거의 정해져 있다. 근데 방송 PD가 촬영 알바를 가면 새벽부터 촬영을 시작하고 밤늦게까지 찍어도 왜 금액이 절반도 안 되는 15만 원밖에 주지 않는지 의문이 들었다. 그럼에도 그는 하루, 하루 열심히 촬영을 했고, 돈을 벌었다. 그렇게 우리는 한 달, 한 달을 간신히 생활하며 지냈다.

내가 그에게 다른 일을 알아보라며 성질을 내지 않고, 바가지를 긁지 않았던 것은 그 사람에 대한 믿음이 있었기 때문이었다. 하다 보면 언젠가 그가 원하고, 바라는 세상이 되어 있을 것이라고 오히려 내가 그를 다독거렸다. 내가 그를 믿었고, 그를 응원해줬기 때문에 힘을 내면서 살아갈 수 있었던 것은 아닐까 생각해본다.

그렇게 시간이 흘러 여러 제작사를 거쳐 시사 프로그램, 교양 프로그램, 토크 프로그램, 휴먼 다큐, 자연 다큐 등 많은 프로그램을 하면서 그는 자신이 있어야 할 곳을 찾아나갔다. 그 짧은 시간 동안 꽤 많은 제작사를 거치면서 김광일 PD라는 사람은 점점 커졌다. 많은 사람들에게 유익하고 즐거운 프로그램을 선사하며 꽤나 괜찮은 사람으로 알려져갔다.

그 사이 혼자였던 그는 둘이 됐고, 셋이 됐고, 넷이 됐다. 그의 두 어깨가 더욱 무거워졌으며, 그만큼 시간은 더 없어졌다. 하루에 25시간을 일하는 것 같다고 말하며 우리는 늘 핸드폰으로 서로의 안부를 전하고 있었다. 함께하고 싶고, 곁에서 힘이 되어주기 위해 선택한 결혼은 언제부턴가 '우리'가 아닌 '아이들' 위주로 변해가고 있었다. 그는 일 때문에 집에 머무는 시간이 점점 적어졌고, 나는 그의 속옷과 옷가지 짐을 챙기는 날이 더 많았다.

일에 치이다 보니 생일도 챙겨줄 수가 없어 매번 미역국을 끓여 아이들과 그가 일하는 회사에 가서 먹고 잠깐 얼굴을 보고 돌아오곤 했다. 아마 독립 PD들은 다 비슷한 생활 패턴을 갖고 있을 것이다.

5년 반 동안 휴먼 다큐를 찍으며 그가 내게 반복해서 했던 말이 있다. "미안해."라는 말이었다. 독립 PD로 또 프로그램을 책임지는 연출자로 휴먼 다큐를 찍으며 전국 방방곡곡을 다녔다. 그가 촬영 때문에 다른 집에 가 있고, 방송 분량 때문에 다른 집에서 그 집 아이들 생일, 잔치, 어린이날, 크리스마스, 명절 등을 다 챙겨주고 선물도 사주는데 정작 우리 아이들은 챙기지 못해서 미안하다고 말을 하곤 했다.

우리가 TV에서 보는 여러 프로그램들 중 남편이 제작하던 프로그램들도 많다. 그때의 과정을 정리하면 다음과 같다.

먼저 아이템을 찾아야 한다. 그래서 그 아이템이 본사 CP에게 괜찮다는 컨펌을 받아야 한다. 아주 가끔 쉽게 컨펌이 나기도 하지만, 때로는 본사 CP의 마음에 들지 않는 아이템일 경우 PD에게 화를 내거나 인격 모독의 말을 하는 경우도 자주 있다. 그것은 외주 제작사에서 일하는 담당 PD가 당연히 겪어야 하는 일이다.

독립 PD인 그는 집에서 잠시도 가만히 있지 못했다. 매일 작가와 통화하며 아이템을 찾았고, 주변 친구들에게 전화해서 막내 작가의 업무까지 나서서 다 해내야 했다. 본사 PD는 업무를 분담해서 하면 그만일 테지만 프리랜서 독립 PD는 어떻게든 개인의 역량으로 그 일을 해내야 하는 것이다.

휴먼 다큐 한 편을 제작하는 데 걸리는 시간은 대부분 한 달 정도였다. 방송의 전반적인 촬영, 편집, 종편, 더빙, 믹싱, 내부 시사, 본사 시사, 수정까지 걸리는 총 시간이다. 30분 정도의 휴먼 다큐의 경우에는 2~3주 정도의 시간이 걸리는데 그조차도 쉽지 않은 일이다. 근데 50분 정도의 휴먼 다큐를 한 편 제작하는 데 아이템 선정 과정이 3~4일, 국내 촬영과 해외 촬영을 포함해 촬영만 2주

정도가 소요되고, 편집 4~5일, 종편, 더빙, 믹싱 등 걸리는 시간
이 나머지 시간이었다. 그리고 한 편이 방송된다.

하나의 방송 다큐 프로그램을 제작사 두 곳에서 한 달에 두 편
씩 맡아서 했고, 네 명의 PD가 나서서 이런 식으로 일을 해야 총
네 편의 영상이 나온다. 일반 시청자는 PD 한 명이 매주 방송하
는 줄로 착각을 할 수도 있다. 하지만 매주 방송되는 방송 프로그
램들도 제작사가 각각 다르고 PD 혼자서 이 많은 일을 소화할 수
없다는 것을 알려주고 싶다.

이렇게 힘들게 일을 하는데 받는 금액도 터무니없었다. 휴먼 다
큐 50분짜리 한 편을 완성하고 PD가 받는 금액은 정말 얼마 되
지 않는다. 경력에 따라 다르겠지만 방송 PD 생활을 10년 이상
했던 이 사람이 받는 금액은 고작 350만 원 정도였다. 일반인들
이 생각하기에 많을 수도 있다. 하지만 시간 외 수당 따위는 전혀
존재하지 않고, 주 5일 근무 이런 것조차 허용되지 않았다. 또한,
집에 들어가는 날은 고작해야 촬영을 다녀와서 다음 촬영을 위
해 짐을 챙기러, 촬영을 다녀와서 짐을 놓고 편집을 위해 또 짐을
챙기러 왔다. 그리고 잠깐 종합 편집을 위해 종편실 시간을 맞추
다 4~5시간 정도 남았을 때 씻고 잠깐 잠을 자러 집에 왔다. 그
리고 납품하고 나면 들어올 수 있었다. 한 달 동안 제작되는 기간
중 2주 정도는 촬영을 다녀오고, 일주일은 날밤을 새면서 60분짜
리 영상을 몇십 개를 보면서 OK컷을 자르고, 싱크를 맞추고, 편
집을 하고,······.

생과 사를 넘나들며 하루가 25시간인 것처럼 계속 뜬눈으로 지새우고 편집을 한다. 편집을 하면서 계속 스트레스가 쌓이니 하루에 담배만 서너 갑씩 피운 적도 있다고 한다. 게다가 독립 PD의 경우 계약서도 없이 일을 하고, 그들이 갖고 있는 고용 불안정이라는 점을 생각하면 연출료는 정말 턱없이 적은 돈이다.

그의 사후에 들여다본 컴퓨터의 제작 품의서를 여기에 써보면 다음과 같다. 연출료가 350만 원, 조연출은 100만 원, 메인 작가는 300만 원, 막내 작가는 120만 원 정도 된다. 작가의 경우 이 프로그램에서 아이템을 찾고 다른 프로그램을 동시에 진행할 수 있지만, PD는 하나의 프로그램을 책임지고 끝까지 맡아야 하기 때문에 일정상으로 다른 일을 동시에 진행하는 것이 불가능하다. 잠을 잘 시간조차 부족하다. 그래서 미디어 계통에서는 심장 마비로 사망할 확률과 스트레스로 각종 질병이 가장 많이 발생하는 직업 1위가 방송국 PD라는 말을 한다.

또 방송이 전파를 타서 시청자를 만나러 가는 그 과정은 모든 PD들에게 힘든 과정이겠지만, 독립 PD에게는 유독 독하고 거친 과정이다. 남편은 2016년 말, 다른 제작사에서 급하게 연락이 와서 그 프로그램에 잠시 투입됐다. 리얼리티 휴먼 프로그램이었는데 캠핑카를 타고 지역을 돌아다니며 밥해먹고, 이런저런 이야기를 듣는 프로그램이었다. 촬영을 시작한 그는 날씨 판단을 잘못하고, 얇은 것만 챙겨갔다. 새벽에 다급한 목소리로 덜덜 떨면서 추워죽겠다며 옷 좀 가려다 달라는 그의 말에 급하게 옷과 신발을 가지고 순천으로 향했다. 순천에서 덜덜 떨면서 이것저것 이야기를 만들며 촬영하는 그가 참 안쓰러웠다. 바닷가에서 부는 칼바람을 버틴다는 것은 불가능했다.

힘든 여정의 촬영을 마치고 그는 편집을 시작했고, 시사를 여섯 번이나 했다. 외주 제작사 팀장, 본사 국장, 본부장, CP가 한 명씩 돌아가며 시사를 했다. 계속 말하는 대로 바꿔야 했는데, 결국엔 처음 이 사람이 만들어놨던 영상으로 돌아왔다. 그렇게 독립 PD들은 쓸데없는 에너지 낭비를 하면서 수명을 단축하고 있다.

본사의 갑질만 문제가 되고 있지만 외주 제작사의 행태도 나는 꾸짖고 싶다. 그 제작사의 프로그램을 하고 있는 자신의 직원을 지켜줘야 제대로 된 회사가 아닐까? 근데 외주 제작사들은 전혀 그러지 않았다. 본인들의 입장부터 생각하고, 본사에서 무슨 이야기가 나오면 독립 PD에게 책임을 전가하고 자신들은 빠졌다. 회사가 책임져주는 부분은 없고 모든 책임은 그 프로그램을 만든 PD의 몫이었다. PD는 책임을 지고 프로그램을 놓아야 했으며 퇴출되어야 했다.

방송 프로그램을 보다 보면 몰래카메라로 영상을 찍어서 방송되는 부분도 허다하다. 위험을 무릅쓰고 몰래카메라를 들고 취재를 갔다가 들켜서 큰일이 생길 뻔한 적도 있다. 몰래카메라로 찍은 관계자의 모습이 모자이크로 나갔는데, 그것을 본 관계자가 노발

대발하며 방송사에 전화해 고소한다고 한 적도 있다. 그가 하는 방송은 국민의 알 권리를 위해서 여과 없이 내보내야 했지만, 뒷감 당과 생계의 위험은 독립 PD의 몫이었다.

다른 장르도 비슷했지만, 시사 프로그램이라고 하는 분야는 몰 래카메라 촬영과 자극적인 부분이 더 심각했다. 독립 PD는 본사 의 지시대로 또 회사의 지시대로 움직여야 했다. 자극적이고, 시청 자의 이목을 끌 만한 것을 찾아야 했다. 본사의 마음에 들어야 끝 까지 살아남을 수 있으니까 어쩔 수 없었다.

그는 사람들의 죽음과 고통을 고스란히 카메라에 담고, 인터뷰 하는 일이 너무 싫다고 했다. 자신조차 우울해질 것 같다고 했다. 시사 프로그램을 더는 못하겠다고 손사래를 쳤다.

그 이후 선택한 것이 휴먼 다큐였다. 평소에 사람 사는 이야기 를 찍고 싶어 하던 그는 시사 프로그램보다 휴먼 다큐가 더 낫다 고 했다. 그렇게 자신이 원하던 자연 다큐도 찍고, 휴먼 다큐도 찍 으며 그 자리에서 입지를 다져가고 있었다. 본인이 하고 싶어 하던 일을 하면서 믿음을 가지고 살아가는 것도 나쁘진 않을 것 같았 다. 그가 휴먼 다큐에 투입되고 나서 그 프로그램은 점차 나아졌 고, 시청률 상승과 함께 수상의 영예를 안기도 했다.

PD라는 직업은 자신이 맡은 방송을 제대로 만들기 위해 어떤 일이라도 해야 한다. 내 남편 김광일 PD도 산에 올라가 헬리캠을 돌리다가 굴러 떨어지기도 했고, 카메라 가격이 비싸기 때문에 카메라가 위험해지면 몸을 던져야 하기도 했다.

독립 PD라는 직업은 정말 처참했고, 막노동보다 더 고된 생활의 연속이었다. 겉으로 보여지는 방송국 PD는 대부분 너무 아름답게 포장되었다. 드라마 속의 PD들의 생활은 적어도 독립 PD들과는 전혀 상관이 없다. 독립 PD들의 힘든 삶과 고된 활동이라든가 이들이 처한 현실 따위는 그 어디에도 나오지 않았다.

한번은 같이 EBS 《극한 직업》이라는 방송 프로그램을 보다가 이런 말을 한 적이 있다.

"아니, 저 사람들도 힘든 건 알겠는데 진짜 극한 직업은 방송 PD 아냐? 이렇게 생과 사를 넘나들며 위험천만한 상황 속에서 어떻게든 방송을 내보내기 위해서 위험을 감수하고 일을 하는데 진짜 어이없는 거 같아."

"내 말이, 진짜 극한 직업은 방송 일을 하는 사람들인 거 나도 알지, 왜 모르겠어. 근데 그걸 방송에 내보내면 일반인들이 어떻게 생각하겠어. 아마 그래서 못 내보내는 거겠지."

"내가 생각할 때는 본사 PD들과 외주 PD의 업무량이나 작업 여건이 너무 다르니까 알면서도 본사에서 막는 거 아닐까 싶어. 일반인들 봐. 방송 PD라든가 작가라고 하면 연예인 많이 봐서 좋겠다고 말하잖아. 연예인을 많이 보는 게 좋은 거야? 다 같은 사람이고 직업인일 뿐인데. 그런 반짝반짝 빛나는 보석에 가려져 제작진들이 얼마나 고생하는지 아는 사람이 없는데."

그렇다. 내가 생각하는 진짜 극한 직업은 외주에서 방송 일을 하고 있는 제작진이었다. 본사에서는 그저 만들어 온 영상을 평가하면서 시청률이나 이야기하겠지만 외주 팀이 그 영상을 만들기까지 얼마나 갖은 수모를 겪어야 하는지 그들은 모를 것이다.

나는 "이렇게 일하는 것이 과연 제대로 된 것일까?"라는 질문을 하고 싶다.

아이들은 다른 집 아빠들처럼 매일 밤 퇴근 후에 함께 놀아주지도 못하고 얼굴조차 보지 못했지만 그것을 이해했다. 아이들이 생각하기에 자신의 아빠는 세상을 바꿀 수 있는 능력자니까 말이다. 그러나 능력자가 전혀 아니었다. 우리 가정에서는 방송 프로그램을 만들어내고, 세상을 바꿀 수 있다고 자부하는 남편, 아빠라는 그를 영웅처럼 생각했지만 현실은 너무나도 달랐다. 이런 상황에서 창의적인 프로그램이 얼마나 가능할지 모르겠다.

이런 현실이 빨리 개선이 되어야 제2의 김광일, 박환성은 나타나지 않을 것이다.

최고의 다큐 PD가 아프리카에서 죽어간 이유•

한경수 독립 PD ••

박환성 PD.

그에 대한 기억은 아련한 추억이 아니라, 생살을 도려내는 듯한 고통이다. 그는 유난히 맥주를 좋아했다. 특정 브랜드의 어떤 맛의 맥주가 아니고, 그냥 맥주라면 다 좋다고 했다. 자연 다큐멘터리 전문 PD이다 보니, 그늘 한 뼘 없는 아시아, 아프리카 오지의 땡볕 아래에서 하루 종일 야생 동물을 촬영하는 것이 일상이었고, 그래서 고된 하루를 마치고 숙소에 돌아와 시원한 맥주 한잔 들이켜는 순간이 세상에서 가장 행복한 시간이라 했다.

• 이 글은 《한겨레》(2017년 7월 30일)에 실렸던 글을 재수록한 것이다.
•• 〈님아, 그 강을 건너지 마오〉, 〈춘희 막이〉 등 제작.

그래서인지, 길고 힘든 해외 촬영을 마치고 귀국해서도, 곧잘 동료들과 선후배들을 자신의 작업실로 불러 모아 밤늦도록 맥주 마시는 순간을 참으로 좋아했다. 그런 날이면 어김없이 소파에 고꾸라질지라도, 그의 곁을 쉽게 떠나지 못했다. 일 년의 절반 이상을 야생에서 떠돌던 그가 "맥주 한잔하자."라고 하면 돌아온 것이었고, "다녀와서 맥주 한잔하자."라고 하면 또 떠나는 것이었다. 지난해 이맘때에는, 작업실로 후배들을 불러 "나야 혼자지만 너희들은 처자식도 있고……. 많이 먹어라."라며 고기를 넉넉히 사다가 직접 구워주기도 했다. 물론 맥주와 함께……. 이제는 맥주병만 봐도 그가 생각날 것이다.

맥주를 좋아하고 후배를 아꼈던 사람

그에게는 그 작업실이 곧 집이었다. 작업실 한쪽에 침대를 놓아두고, 일하고 먹고 잤다. 내가 편집 컴퓨터도 없고, 작업실도 없이 여기저기 전전하던 시절, 어느 해 겨울, 그는 어디론가 또 떠나면서 자신의 작업실 열쇠를 툭 건네주기도 했다.

"나 없는 동안 편하게 써라."

유난히 추웠던 그해 겨울, 덕분에 따뜻하게 지냈다.

언젠가 여느 때처럼 맥주를 마시다가 별생각 없이 물었다.

"형은 왜 동물만 찍어?"

"애들은 꼼수를 안 부리잖아. 배신하지도 않고, 그저 자신의 본능에 정직할 뿐……. 인간과 달라."

그는 꼼수 부리지 않고 정직하게 살아온 독립 PD였다. '독립 PD', 일반 시민들에게는 낯선 단어일 것이다. 흔히, 외주 PD라 불린다. 방송사에 소속되어 있지 않으면서 독립 제작사 소속으로 또는 프리랜서로 일하며 우리나라 전체 방송 프로그램의 절반을 만들어내는 이들이 독립 PD다. 박환성 PD는 그중에서도 자연 다큐멘터리 전문 PD로 명성이 자자했고, 2017년 10월 방송 예정인 EBS 《다큐 프라임》〈야수의 방주〉의 제작을 위해 남아프리카 공화국에서 촬영 중이었다.

그의 곁에는 후배인 김광일 PD가 함께 있었고, 그들은 지난 7월 14일 밤 9시게(현지 시각), 지구 반대편 낯선 허허벌판에서 참혹하게 생을 마감했다. 촬영을 마치고 숙소로 이동하던 중 졸음운전으로 추정되는 상대편 차량과 정면충돌했고, 그 자리에서 사망한 것으로 짐작된다. 그들의 죽음이 한국의 독립 PD 동료들과 가족들에게 알려진 것은 그로부터 4일 후. 믿기지 않는 소식에 모두가 엄청난 충격에 빠졌고 유가족들과 동료들은 서둘러 남아프리카 공화국으로 떠났다. 스무 시간이 넘는 비행 끝에 도착한 사고 현장에는 그들이 탔던 차량이 휴지처럼 구겨져 있었고, 뒷좌석에서는 뜯지도 못한 햄버거와 마시다 만 콜라병이 발견되었다. 아, 지난해 구의역에서 숨진 청년의 가방에서 발견된 컵라면이 떠오른 건 왜일까. 가슴이 찢어진다.

20여 년 전에는 방송사의 외주 프로그램 담당 부서의 이름이 '외주제작국(부)'이었다. 20년이 지난 지금은 전담 부서를 없애고 프로그램 단위로 별도 관리하거나, 부서 이름에서 '외주'라는 단어를 빼고 '콘텐츠협력국' 등으로 바꾸었다. 그러나 '협력'은 허울일 뿐, 강산이 두 번 바뀌고 심지어 최저 임금도 4배 이상 오른 지금, 방송사가 독립 제작사나 독립 PD에게 지급하는 제작비는 오히려 20년 전보다 줄어들었다. 그동안의 물가 상승률과 사회 경제 규모의 확대를 감안하면 그 감소폭은 훨씬 더 클 수밖에 없다.

해마다 줄어드는 제작비로 똑같은 품질의 프로그램을 만드는 것이 어떻게 가능할까? 그 어려운 일이 가능한 이유는 제작 인력 축소와 이에 비례해서 가혹해지는 노동 강도 말고는 설명할 길이 없다. 특히 다큐멘터리를 비롯한 교양 프로그램 제작을 위한 촬영의 경우 연출, 조연출, 촬영 감독, 촬영 보조 등 최소한 3~4명이 공동으로 작업하던 것을 이제는 연출자인 PD가 홀로 해야 하는 경우가 대부분이다. 이른 새벽 직접 차량을 운전해서 이동하고, 출연자와 인사하고, 현장을 제대로 파악할 사이도 없이 카메라를 돌리고, 드론을 날리고, 다시 밤길을 운전해서 돌아와서는, 밤새워 편집을 하는 일이 다반사다. 매일, 매 순간 제작비를 한 푼이라도 아끼기 위해 자신의 몸뚱이를 기계처럼 혹사해야 하는 것이다.

방송사가 충분히 제작비를 지급하지 못할 사정이라면 최소한 방송 광고, VOD 서비스, 재판매 등으로 발생한 수익의 일부라도 공유하는 것이 상식적이지 않은가? 하지만 방송사들은 촬영 원본에 대한 소유권마저 가져가버리니, 독립 제작사나 독립 PD가 이를 활용하여 제2의 콘텐츠를 만들어 수익을 만들어내는 것도 불가능하다. 사정이 이러하다 보니 '독립' PD라는 말이 참으로 무색하다. 독립은 단지 희망 사항일 뿐, 생사여탈권을 쥔 갑에 철저히 종속된 저임금 하청 노동자인 것이 현실이다.

고(故) 박환성 PD. 그는 멀쩡하게 다니던 대기업을 때려치우고 미국에서 다큐멘터리를 공부하고 돌아와 늦은 나이에 독립 PD로 다큐멘터리 제작에 뛰어들었다. 이후 줄곧 자연과 동물을 통해 '인간'을 이야기하는 작품을 만들어왔다. 우리나라에서는 거의 사라지다시피 한 장르에서, 그는 누구도 흉내조차 내기 힘들 만큼 독보적이었다. 그의 작품은 방송사의 입장에서도 희귀 아이템이었을 뿐만 아니라, 털털한 웃음 뒤에 감춰진 깐깐함과 고집으로 매번 훌륭한 작품을 만들어냈다. 그의 작품들은 주요 지상파 방송사의 간판 다큐멘터리 프로그램을 누볐고 일본 NHK, 각종 영화제에도 숱하게 소개되었다. 그는 최고였고, 그래서 다른 독립 PD들에 비해 상대적으로 괜찮은 조건에서 작업을 할 수 있었다.

독립 PD는 죽어서도 가난하다

그랬던 그도…… 멀고 낯선 남아프리카 공화국 오지에서 가로등도 없는 밤길을 직접 운전해야만 했다. 다른 이유는 없었다. 코디네이터, 운전사 비용을 아끼기 위해서……. 촬영 감독도 없이 직접 카메라를 들고 야생의 현장을 담아내야 하는 것만도 스트레스와 체력 소모가 극심한 중노동인데, 거기에 더해 아침저녁으로 장거리 운전까지 해야 했던 것이다.

그는 이번 촬영을 위해 출국하기 직전까지 방송사와 치열하게 싸우고 있었다. 방송사가 제시한 제작비로는 제대로 된 프로그램을 만들기가 어려워서 그가 힘겹게 정부 지원금을 확보했더니 그 중 40%를 방송사가 내놓으라고 했기 때문이다. 이름하여 '협력 제작업체 상생 방안'이란다. 제작사한테 '삥' 뜯어가는 게 상생이라니, 기가 찰 노릇이다. 이렇듯 '관행'이라는 단어 뒤에 숨어서 수십 년 동안 자행되던 방송사의 갑질에 그는 자신의 이름을 걸고 공개적으로 나섰다.

'감히' 일개 독립 PD가 공정거래위원회에 방송사를 제소하고, 국민신문고에 민원을 제기하고, 국회와 변호사를 찾아다녔다. 블랙리스트에 오르면 앞으로 다시는 방송 프로그램을 만들지 못하고 밥줄이 끊길 것을 알면서도, 출국 전날까지 《한겨레》와 인터뷰(《한겨레》 7월 13일 자 〈독립 다큐 PD가 받은 정부 지원금, 방송사에 일부 떼달라?〉)를 하고 떠났다.

"국민신문고에 민원 넣을 때, 해당 부처를 미래부로 해야 하나? 방통위로 해야 하나?"

이런저런 이야기를 나누다가 마지막으로 남긴 말도 역시 "다녀와서 맥주 한잔하자."였다. 그날 밤도 숙소에 돌아가서 들이켤 맥주 한잔을 생각하며 고단함을 견디고 운전대를 잡고 있었을 것이다.

그들의 죽음이 안타까움과 슬픔을 넘어 가슴에 피눈물이 흐르고 분노가 치밀어 오르는 이유는 그들이 이토록 허망하게 죽지 않았을 수도 있었기 때문이다. 그들의 죽음이 너무도 억울하기 때문이다.

그들은 살인적인 촬영 스케줄을 소화하느라 햄버거 한입 베어 물 여유도 없이 밤길을 달려야 했다. 만일 방송사에 정부 지원금을 빼앗기지 않고 오롯이 제작비로 사용할 수 있었다면, 그래서 소형 세단이 아니라 튼튼한 스포츠 실용차(SUV)를 빌릴 수 있었다면, 그리고 현지 사정을 잘 아는 운전사를 고용할 수 있었다면, 아예 좀 더 여유로운 일정으로 늦은 밤에는 이동하지 않고 가까운 숙소에서 쉬었다면……. 그들은 여전히 어딘가에서 카메라를 돌리고 있지 않을까. 무사히 촬영을 마치고 사랑하는 가족들과 동료들에게 돌아와서, "다시는 거기 안 간다, 지긋지긋하다." 하면서도, 금세 초롱초롱한 눈빛으로 다음 작품 이야기를 하고 있지 않을까. 하지만 그들은 차디찬 햄버거 한 조각도 입에 넣지 못하고, 시원한 맥주 한 모금 넘기지 못하고 그렇게 떠나고 말았다.

독립 PD는 죽어서도 가난하다. 퇴직금도 없고 국민연금조차 못 내는 이들도 있다. 머나먼 남아공에서 세상을 떠난 이들을 집으로 모셔 오기 위해서는 많은 비용이 소요되는데 이를 마련할 방법이 막막했다. 그래서 독립 PD들이 모여 만든 단체인 사단법인 한국독립PD협회는 급히 사고수습대책위원회를 꾸리고 모금에 나섰는데 불과 이틀도 지나지 않아 운구에 필요한 비용이 마련되었다. 동료 독립 PD뿐만 아니라 방송 산업계에서 같은 처지에 있는 수많은 작가는 물론 소식을 접한 일반 시민들까지 모금에 동참했다. '을'의 억울한 죽음에 이 땅의 수많은 '을들'이 한마음으로 응

답한 것이리라. 그래서 유가족들과 동료들이 남아공으로 직접 날아가 현장을 확인하고 결국 지난 27일 목요일 오후 고인들의 유해를 모셔 올 수 있었다.

공항에는 고인들의 유가족, 지인, 동료 수십 명이 기다리고 있었다. 고인들의 유해가 입국장에 들어서자마자 공항은 슬픔과 분노가 뒤섞인 침통함으로 가득했고 유해는 바로 신촌 세브란스 병원에 마련된 빈소로 옮겨졌다.

그들이 남아공으로 떠나기 직전 방송사의 갑질을 용기 있게 폭로한 박환성 PD의 투쟁에 많은 동료들이 함께하기로 결의하였고 비상대책위원회(위원장 최영기 전 한국독립PD협회 회장)를 꾸렸다. 비단 박환성 PD 사건뿐만 아니라 수십 년 동안 절대 우월한 지위를 이용하여 공공연하게 자행되어온 방송사들의 횡포에 맞선 '을들'의 싸움이 시작된 것이다. 그 무겁고 힘겨운 첫발을 내딛고 그들은 먼 길을 떠났다. 2017년 7월 14일 두 PD가 유명을 달리하던 바로 그날, 박환성 PD가 올린 마지막 페이스북 글이 그의 유서가 되어버렸다.

"갈 데까지 가봅시다, 뭐가 어찌 되는지……"(박환성 PD 페이스북 글)

30년 동안 독립 PD로 살아온 최영기 위원장은 공항에서부터 통곡을 멈추지 못했다. 고인들의 영전에 캔맥주 하나를 올린 후 유가족들에게 다짐했다.

"내가 죽기 전에는 이 싸움이 끝나지 않을 것입니다."

제2의 박환성·김광일이 없도록 공영 방송 정상화에 대한 목소리가 높다. 하지만 방송사의 갑질은 10년 전, 20년 전부터 만연해 있었다.

그러니 정권이 바뀌었다고 방송사의 갑질이 저절로 사라지는 것이 아니다. 사장이 바뀌고 해고자가 복직되어도 그들의 갑질은 계속될 것이다. 그들의 죽음이 결코 남의 일이 아닌 수많은 독립 PD들은 가슴속으로 피눈물을 흘리면서도 오늘도 도처에 널려 있는 위험을 감수하고 길을 나설 것이다.

미혼이었던 박환성 PD에게는 노부모님이 계시고, 김광일 PD에게도 노부모님과 아내 그리고 어린 두 자식이 있다.

부디 갑질 없는 세상에서 편히 쉬시길······.

다시는 제2의 박환성 PD, 제2의 김광일 PD가 길 위에서 쓰러지지 않기를······.

푸른 코뿔소 형제가 보이면 그대들이 온 줄 알겠소

박봉남 PD[●]

아프리카에서 촬영 도중 사망한 박환성 PD, 김광일 PD, 두 사람을 떠나보내고 쓴다.

방송사 소속 연출자들이 이 글을 보기를 원한다.

한 달 전, 박환성 PD가 EBS를 상대로 싸움을 시작했을 때, 나는 이를 외면했다.

1년간 나는 그 어떤 분쟁의 중심에 있었고, 동료들과 후배들로부터 상처를 받았기에 분노도 깊었다. 독립 PD라는 존재에 대한 자긍심을 버렸고, 독립 PD라는 이름으로 어떤 활동도 하지 않겠

● 《인사이트 아시아―인간의 땅》, 〈달의 정원〉, 〈김대중〉 등 제작.

다고 맘먹었기에 환성이 모든 것을 걸고 "갈 때까지 가봅시다."라고 했어도 나는 시큰둥했다.

먼저 내가 EBS 연출자들과 친한 사람이 많다는 사실을 밝힌다.

방송사로는 유일하게 영화제를 하고 있는 것을 높이 평가했고 〈바람의 혼, 참매〉의 선연하고 비장한 엔딩! 〈바퀴〉, 〈녹색 동물〉에서 보여주는 색다른 시도와 시선이 좋았고, 〈음악은 어떻게 우리를 사로잡는가〉에서는 많이 배웠다.

30대의 젊은 연출자인 《까칠 남녀》의 김 PD, 《이것이 야생이다》의 최 PD와는 EBS 입사 전부터 아는 사이다. 이런 이야기를 하는 이유는 광일, 환성을 죽음으로 내몬 작금의 상황을 판단함에 있어 특별히 어느 쪽을 편들고 있지 않다는 것을 밝히기 위해서다.

갑과 을의 프레임만으로 모든 것을 설명할 수 없고 약자의 주장이 항상 옳은 것도 아니니까.

우선, 이 질문부터 하겠다.

"갑인 EBS는 을인 독립 PD에게 빨대를 꽂은 것인가?"

밖으로 알려진 내용은 이렇다.

"박환성은 작년 8월에 EBS와 《다큐 프라임》〈야수의 방주〉 2부작을 제작하기로 계약을 했다. 제작비가 부족했던 그는 국가 지원금을 받아냈다. 그런데 EBS는 지원금의 40%를 떼어가려고 했다. 그 근거로 EBS가 제시한 것이 '협력제작사 상생협력방안'이다. 전형적인 갑질이고 파렴치한 행위다."

나는 제작사의 노력으로 확보한 협찬금, 지원금을 방송사가 떼어가는 일은 '빨대'가 아닌 '관행'으로 본다. 이건 건국 이래 변함 없는 사실이다. 송출료라는 명분이 있고, 불법이 아니며 방송가에서는 너무나 자연스러운 일상이다. 하지만 20~30%도 아니고 50~60%를 떼어간다면 이것은 명백한 '갈취'이고 '빨대'를 꽂는 행위다.

언론에서 언급하지 않은 사실 하나, 역설적이지만 박환성 PD가 강력히 성토한 EBS의 '협력제작사 상생협력방안'은 사실 매우 긍정적인 내용도 담고 있다. "촬영 원본을 EBS와 제작사가 공유한다."라는 조항이 그것이다. EBS가 타 방송사에 앞서 선도적으로 도입한 것이니 칭찬에 인색할 필요가 없다.

지상파 연출자들은 모를 것이다. 이 따위가 왜 중요한지, 왜 우리들에게 눈물 나는 일인지…….

'갑님'은 건국 이래 단 한 번도 프로그램에 대한 권리를 '을'과 공유한 적이 없다. 프로그램은 물론이고 2차적 저작물, 심지어 촬영 원본마저 싹쓸이해간다(이것이 사실이냐고 묻지 마시라.). 게다가 값을 넉넉히 쳐주지도 않으니 제작사는 눈물을 머금고 헐값에 넘기고 모든 권리를 포기해야 한다.

수백 개의 제작사, 천여 명의 독립 PD들이 영세한 구멍가게를 면치 못하는 이유는 이렇듯 갑님이 택도 없는 제작비에 모든 권리마저 강탈해가기 때문이다.

*

 2010년을 전후로 일군의 독립 PD들이 게거품을 물고 방송사를 설득했었다. 욕만 하지 않았고 구체적인 대안도 제시한 바 있다.

 "다 내놓으라고 하는 게 아니에요. 촬영 원본 공유부터 합시다."

 "봐요, 그렇게 하니까 영화판을 만들고 해외 영화제 출품도 하고 수상도 하잖아요?"

 "수익도 나눕시다. 2차적 저작물을 만들 길을 틉시다."

 이런 요청에 지상파의 뜻있는 편성 기획 담당자들이 응대했고 그 성과물이 바로 2011년에 EBS가 공표한 '협력제작사 상생협력 방안'이다.

 위 상생협력방안은 협찬금과 지원금의 사용 방법에 대해서도 각각 규정하고 있었다.

 "협찬금의 경우 40% 환수, 지원금은 20% 환수."

 해석하기 나름이지만 이 정도면 수용할 수 있다. 현실이 그러하니까. 협찬처도 고지해야 하고, 송출료도 받아야 하니까 말이다.

 그런데 왜 박환성은 모든 것을 걸고, 투쟁을 선택했을까?

 상상을 해본다. 박환성 PD가 힘들게 제안서 쓰고 PT해서 국가 지원금을 받았고, 그래서 기쁜 마음으로 EBS 외주 제작 담당자와 만났을 때

 "잘하셨습니다. 저희가 제작비를 충분히 드리지 못했는데…….다만 규정에 의하면 지원금의 20%는 간접비 명목으로 환수하게 되어 있습니다. 이건 저희가 주기로 한 제작비에서 위 금액을 차

감하고 지급하는 방식입니다. 현재로는 최대치입니다. 양해 부탁드립니다."

그러나, 실제 전개된 상황은 이랬다.

첫 반응은

"이 건은 계약 위반이라고 봐요."였고 환성의 목소리는 당혹감으로 가늘게 떨리고 있었다.

"그러면 지원금을 그냥 반납할까요?"

"아니 왜 해요?"

"……."

그러고는 '지원금의 40% 간접비 환수' 조항을 툭 던졌고

(담당자들의 실수도 있다. 협찬금이 아닌 지원금이기에 20% 환수가 맞다.)

박환성 PD의 당혹감은 분노로 이글이글 변해갔을 게다.

게다가 2010년 박환성은 지원금의 60%를 환수당한 전례가 있었다.

싸움을 시작한 박환성은 작품을 완성하기 위해 남아공으로 떠났고 "갈 데까지 가봅시다, 뭐가 어찌 되는지……."라는 말을 페이스북에 남긴 그날 저녁 밤길을 이동하던 중 맞은편에서 오는 비틀거리는 차량과 정면충돌했고 후배 김광일과 현장에서 사망했다.

이것이 그냥 우연히 벌어진 비극이란 말인가? 충분한 제작비가

확보되었다면 그들이 운전사 없이 직접 차를 몰고 지프차가 아닌 승용차를 렌트했을까?

방송사 소속 연출자들은 헤아리기 바란다. 동료들의 비극적인 죽음 앞에서 언제 나도 저렇게 죽을지 모른다는 우려를 안고 스스로 상주가 되어 빈소를 지켰던 수많은 독립 PD들의 슬픔을 말이다.

해직 언론인들의 복직, MBC의 정상화는 중요하고 언론 종사자 PD라는 직함 뒤에 숨겨져 있는 이 방송가의 끝없는 적폐를 언제까지 차 순위로 미루어둔단 말인가?

제발 눈뜨고, 똑바로 보란 말이다.

독립 PD들은 싸움을 시작했고, 그리 간단치 않을 것임을 나는 직감하고 있다.

그러기에 내가 '잘 알고 있는 당신'을 공격한다고 해도 양해해주기 바란다.

내가 아는 EBS 구성원들은 겸손하며 실력 있는 사람들이다.

그들은 이번 사태에 직접적인 책임이 없다. 그럼에도 불구하고 EBS 연출자들에게 부탁한다.

당신들이 먼저 나서서, EBS 대표이사에게 건의해주기 바란다.

"유족들에게 충분하게 보상하고"

"제작 지원금을 100% 제작에 투여하도록 상생협력방안을 개선해야 한다."라고.

나는 EBS에 추가로 요구한다.

"금번 사태에 책임이 있는 외주제작부장과 담당 CP는 책임을 지고 공식 사과하라."라고. 더 나아가 "EBS에서 징계를 해야 한다."라고.

악마도, 정의도 디테일에 있는 거라고.

그리고……

진짜 할 얘기는 따로 있다.

"KBS는요?"

"MBC는요?"

환성!

그대가 제작사 이름을 푸른 코뿔소(Bluerhino Pictures)라고 지었던 이유를 이제야 알았어.

아프리카 대지를 영원히 거닐고 싶었던 거지?

산악인의 로망은 안나푸르나에 영원히 묻히는 거라던데,

환성은 꿈을 이루었군.

못다 한 일은 이제 우리들이 매듭지을게,

후배 광일을 잘 챙겨주기 바란다.

광일!!

너무 늦게 후배님을 알았네.

남겨진 가족 걱정은 너무 하지 마소.

다행히 딸, 아들 둘이지 않소?

환성이 성격이 좀 까칠하지만 맥주 한잔이면 헤헤 웃는 좋은
선배라오.

안녕, 그대들 부디 평안하시오,

꿈에서 푸른 코뿔소 형제가 보이면 그대들이 온 줄 알겠소.

PD란, 피나게 힘들고, 더럽게 욕먹는 직업?

김원철 PD[•]

내가 방송 일을 시작한 지 16년을 넘어섰다.

약 16년 전 처음 조연출 시절엔 한 달 80만 원이라는 돈을 받으며 한 달 중 20일은 밤샘을 한 듯하다. 16년이 흐른 지금도 대부분의 조연출들은 평균 100만 원 정도를 받으며 과중한 업무에 시달리고 있는 게 안타깝기만 하다.

'외주 PD'를 본사 PD들은 같은 PD로 인정하지 않을 것이다. 백이면 백 다 그런 것은 아니지만 대부분 그런 건 사실이다.

언젠가 한번은 프로그램 제작을 하다가 VCR 제작에 필요한 자료 때문에 본사 조연출에게 연락을 했다. 필요한 자료들을 찾아야

• 〈SBS 좋은 아침〉, 〈KBS 추석특집 세계미식대전〉 등.

한다고 그것 좀 줄 수 있는지 이야기를 하던 중 너무나 황당한 일을 겪었다. 지금 생각해도 너무 어이없고 화가 나는 말이었다. 본사 조연출이 하는 말이 본인의 퇴근 시간이 얼마 남지 않았으니 해줄 수 없다는 것이었다. 앞으로 본인 업무 시간에 맞춰 일을 진행하라는 말을 남겼고, 이런저런 일의 트집을 잡아 오히려 나를 훈계했다. 이제 방송 일을 시작한 지 1년도 채 안 되는 본사 조연출이 경력 10년이 넘는 선배 PD에게 그런 식으로 대할 수 있다는 게 어이가 없었다. 확인을 해본 결과 본사 PD들이 그렇게 교육을 했기 때문이었다. 본사 PD만 외주 PD에게 갑이 아니다. 본사 PD와 함께 일하는 조연출들 그들도 외주 PD에겐 갑이다. 전부 다 그런 것은 아니지만, 거의 대부분은 본사 조연출 또한 갑질을 일삼는다.

16년간 방송 PD로 일하며 단 한 번도 촬영 권한, 편집 권한이 나한테 있다는 생각이 없었다. 내가 찾아서 진행을 하면 본사 PD는 온갖 말도 안 되는 이유를 가져와서 말도 안 되는 일을 시켰고, 그조차 하지 않으면 그 자리에서 나를 비하하는 발언을 일삼았다. 이게 정상인 걸까?

프로그램 담당 PD와 작가가 많게는 몇 개월에서 적게는 몇 주를 고민해서 촬영과 편집을 했는데 그 노고는 인정해주지 못할망정, 말도 안 되는 부분을 걸고넘어졌다.

다른 대다수의 사람들이 재미있다고 잘 봤다고 온갖 칭찬이 넘쳤지만, 본사 PD의 시사 때 열심히 쌓아온 모래성을 한순간에 그대로 무너뜨리는 격이었다. 말 한마디에 고생했던 기간은 무의미해졌다. 바로 본사 PD의 말대로 수정을 해야 그게 정답이다.

이건 이런 의도로 이렇게, 저건 저렇게 한 거라고 말조차 하지 않는다. 그랬을 때 본인 말에 토를 달았다고 갖은 욕설과 인격적 모독을 당했으니 말이다.

"무조건 부장님(본사 PD) 말이 맞습니다. 죄송합니다. 그렇게 바꾸겠습니다."라고 안 하고 내 생각과 내 의도를 말한 적이 있다. 그랬더니 당장에 내 귀로 들려온 말이 "너 학교 어디 나왔어! 지방대? 그래서 이해력이 떨어지나 보네. 넌 그냥 내가 시키는 대로만 해. 네까짓 게 뭔데 토를 달아! 그럼 중간은 한다!"였고, 더 심한 경우 프로그램에서 퇴출을 당했다.

또 한번은 아침 방송 아이템 회의를 할 때였다.

본사의 경우 CP와 외주 제작사 담당 PD, 작가와 조연출 중에 대부분 메인 작가와 메인 PD만 모이지만, 외주 제작사의 경우 작가 및 조연출 등 모든 팀원이 참석하지 않으면 욕설과 함께 모두 참석할 때까지 매일같이 불렀다.

매주 60분의 방송을 만들기 위해 촬영 및 편집 등을 하느라 불가피하게 참석을 하지 못할 수 있다. 그런 것쯤은 방송 일을 하는 사람이면 누구나 공감하는 부분인데 그 CP는 본인 사전엔 용납할 수 없다며 모든 제작 팀을 CP가 말하는 장소와 시간에 집결시켰다. 그 당시 우리 팀의 팀장이 병신이라는 등 비하하는 발언과 욕설 등을 녹화 날까지 계속했었다. 평 PD인 내가 옆에 있는데도 다른 사람들과 농담하듯 주고받으며 팀장을 욕했고 나에겐 학벌을 이야기하며 대놓고 무시했던 기억이 있다.

그리고 다른 업종에서는 일을 시작하기 전에 작성하는 것이 있다. 바로 계약서다. 지금까지 셀 수 없을 만큼의 프로그램을 했지만, 난 단 한 번도 계약서나 그런 비슷한 서류 종이 한 장을 본 적도 없고 써본 적도 없다. 나뿐 아니라 주변의 동료들이 지금도 대부분 관행처럼 그렇게 일을 하고 있다. 진짜 3~4명이 해야 할 일을 제작비 문제로 최소한으로 줄여서 움직이고 임무를 수행해야 한다. 나 혼자 혹은 둘이서 밤새 운전해 촬영장에 가서 촬영하고, 영상을 뜨고, OK컷을 잘라놓고, 편집을 해서 종편을 하고, 더빙을 하고, 시사를 받은 적도 많다. 정해진 시간에 해야 하기 때문에 밥도 거의 매일 굶고, 잠도 거의 못 자고, 잠을 깨기 위해 커피만 계속 마시고, 편집실에 담배꽁초만 쌓여갔다. 밤을 샌다고 다른 직장들처럼 수당이 붙는 것도 아니고, 또 적은 인원으로 일하다 보니 사고도 많이 나는 이런 현실 속에서도 내가 해야 할 일이었기에, 또 다른 일도 없었기 때문에 그냥 해왔다. 카메라를 들고 뒤로 걸으며 촬영을 하다 넘어져 다쳐도 누구한테 하소연할 곳도 없었고, 몇천만 원 하는 카메라를 행여나 떨어뜨리면 그 카메라 값을 물어야 하니 내 몸보다 카메라 지키기에 급급할 수밖에 없었다.

나는 얼마 전 촬영 중 출연자의 실수로 사고를 당해 응급실에 실려 갔던 적이 있다. 오전 5시부터 3시 정도까지 촬영을 하고, 사고가 나는 바람에 병원에서 치료 후 집으로 오게 되었는데 그날 오전 5시부터 사고 전까지 일한 것에 대한 돈은 한 푼도 받지 못했다.

방송 프로그램 제작을 함에 있어 모든 권한을 가진 본사에서 책임을 져야 하나 본사는 모르쇠로 일관한다. 어떤 사고나 분쟁, 소송 등 문제가 발생했을 때 책임은 외주 제작사에 떠넘긴다. 그러면 외주 제작사는 해당 프로그램을 만들었던 외주 PD들에게 그 모든 일을 떠넘긴다. 계약서가 없으니 외주 PD들이 책임을 질 의무는 없다. 하지만, 해당 프로그램에 이름이 나가고 본인이 만든 프로그램이니 무조건 해당 프로그램을 만든 PD에게 책임이 있다고 한다. 아이템 선정부터 촬영, 편집에 대해 모든 권리와 권한은 줄 수 없지만 책임은 져야 한다는 게 무슨 말인지 뜻인지 모르겠다.

사람들은 PD를 'producer', 즉 제작자 혹은 연출자의 약자로 알고 있다.

하지만 PD들 사이에서 PD는 'P＝피나게 힘들고, D＝더럽게 욕먹는 사람'이라고 말한다.

그냥 우리끼리 하는 농담이지만 너무 슬픈 현실이 아닐까 생각한다.

권용찬 독립 PD의
멕시코에서 일어난 다큐멘터리 촬영담

권용찬 PD •

이 사건은 내가 PD로서 지내온 시간, 한 인간으로서 살아온 세월, 앞으로 남겨진 인생, 이런 것들을 진지하게 돌아보게 만든 하나의 사건이었다.

멕시코 북동부 곤잘레스라는 지역의 한 농장을 취재하러 가는 길에 나를 포함한 일행 여섯은 두 대의 픽업트럭에 나눠 타고 문자 그대로 '지평선의 끝이 보이지 않는 광활한 평원'을 내달리고 있었다. 한참 동안 외길 도로를 달리는데 현지인 운전사가 갑자기 속도를 늦추는가 싶더니 어디서 나타났는지 모를 픽업트럭 한 대가 우리 차를 잡아 세웠다. 트럭에는 멕시코의 젊은 사람들이 타

• 〈SBS 스페셜〉,〈SBS 일요 특선 다큐〉,〈KBS 다큐 시대〉,〈MBC 스페셜〉등 제작.

고 있다. 우리를 놀라게 한 것은 이들 모두 AK소총으로 중무장하고 있었다는 것이다. 그 악명 높다는 카르텔——마약 갱단이다. 엄습하는 두려움이 심상치 않았다.

현지인 운전사와 대화를 하더니 이내 앞서 가던 우리 일행의 차까지 잡아 세운다. 또 한 대의 픽업트럭이 나타나 앞길을 막아섰고 무리의 놈들이 내려선다. 대부분 10대처럼 보였다. 제각기 총 한 자루씩을 지녔고, 마치 경찰이 불심 검문을 하듯 앞선 차에 타고 있던 현지 직원을 차에서 내려 세워놓고 무언가를 열심히 캐묻고 뒤지기 시작했다. 이 일대를 점령하고 있는 ○○카르텔이라는 이들은 반대파 마약 조직과 정부군 등이 모두 적이다. 내가 갔던 길은 남미 대륙에서 만들어진 마약이 북미 대륙으로 유통되는 중요한 통로 중 하나이기 때문에 여기를 둘러싼 마약 조직 간의 충돌과 총격전이 심심찮다고 한다. 마약과의 전쟁을 선포한 멕시코 신정부의 경찰력이나 군대의 영향력이 전혀 미치지 못하는 곳이다. 너무 위험해서 순찰조차 하지 않는 곳이라는데 그도 그럴 것이 한참을 달리며 사방을 둘러봐도 오두막 한 채를 찾아볼 수가 없었다. 깊숙한 숲속 어디선가 숨어 감시를 하다가 이방인이 나타나면 무전으로 서로 알려서 길을 막아 세워놓고 그들의 적이나 위협 세력이 아닌가 정체를 캐는 것이 이들의 역할이란다. 이런 사지의 땅에 왜 우리 취재 팀을 불러들였나 하는 원망도 잠시, 우리 일행은 모두들 숨죽인 공포에 떨며 얼굴은 새하얗게 질려버렸다.

'아! 그러지 말았어야 했을까?!' PD로서의 근성이 무의식중에 작동을 한다.

후행 차의 앞자리에 타고 있던 나는 발 아래 놓였던 DSLR 카메라의 녹화 스위치를 켜고선 대시보드 위에 던지듯 올려놓았다. 무슨 일이 닥칠지, 어찌 될지도 모르는 상황에 무조건 촬영을 해야겠다는 생각이 든 것은 나의 이성이 아닌 동물적 반사 작용이 작용한 것이리라.

문제는 그 뒤였다.

AK 소총을 들고 있는 다른 10대 갱들과 달리 권총을 허리에 찬 30대 갱은 무리의 두목인 듯 보였다. 앞차의 현지 직원을 취조하고 있다가 대시보드에 카메라를 올려놓는 나의 행동을 발견하고는 나를 가리켜 손가락질을 하며 고함을 지른다.

우리 차를 감시하던 모자 쓴 녀석이 철커덕 노리쇠를 당겨 실탄을 장전하고는 급기야 내가 있는 조수석 쪽으로 다가온다. 앞차에서 내려 두목 옆에 서서 검문을 당하던 현지 직원이 다급하게 손사래를 치며 찍지 말라고 소리 지르는 모습이 보였다.

모자 쓴 놈이 소총을 겨누며 내게로 다가오고, 차에 타고 있던 우리 일행들도 찍지 마! 찍지 마! 낮은 소리로 절규하는 단 몇 초의 순간, '아! 걸렸나?' 싶어서 등골이 오싹하고 뒷골이 당겼다. 갱들이 모두 나를 응시했다.

녀석이 내게로 다가오는 찰나처럼 아주 짧은 순간, 정말로 번개와 같은 동작으로 카메라 스위치를 껐다. 녀석이 쾅쾅쾅 조수석차 문을 두드리며 자신의 나라 언어로 뭐라고 한다. 카메라를 내놓으라는 말이다. 난 두 손과 어깨를 으쓱 올리며 아무것도 안 했다는 시늉을 해 보였고, 이 녀석은 당연히 카메라에 찍힌 것을 보려고 달려들었다. "알로 세뇨르~" 나는 되지도 않는 스페인어를 지껄이며 '날 더운데 고생 많으니 시원한 물이나 마셔라.'라는 뜻의 친절한 표정으로 아직 뚜껑을 따지 않은 생수 한 병을 먼저 건넸다. 녀석이 그것을 받아 드는 순간, 카메라를 켜고 재빨리 다이얼을 돌렸다. 그 연속 동작은 정말로 0.1초도 걸리지 않았던 것 같다. 만일 스위치를 켜고 그대로 보여줬다면 방금 찍은 동영상에 녀석들 자신의 모습이 LCD 뷰파인더를 통해 그대로 보였을 것이다. 보통의 하이엔드급 캐논 DSLR 카메라는 다이얼을 돌리면 10장 앞으로 점프를 하도록 세팅되어 있다. 그러니까 녀석이 본 것은 녀석들이 그 자리에 있기 전에 찍었던 평범하고 평화로운 스냅 사진들이었다. 내가 몇 장을 넘겨주며 '봐라! 난 너희들 찍지 않았다.'라는 시늉을 했다. 이미 내가 건네준 생수 한 병에 내심 좋아라 했을 녀석은 평범한 사진들을 보며 적개심이 줄어들었고, 본인들 보스에게 또 뭐라고 소리를 지른다. '괜찮다'는 얘기였을 것이다.

문제는 또다시 이어졌다. 우리 차의 뒷자리에는 본사 직원 한 명과 카메라 감독이 타고 있었는데 카메라 감독이 든 카메라에는 방송사 마크가 크게 붙어 있고 누가 봐도 평범한 카메라가 아니다. 또다시 여러 놈들이 달려들었고 이내 심각한 상황이 불거졌다.

"이런 오지에서 이런 카메라를 가지고 뭐 하는 거냐? 자기네를 염탐하러 온 것 아니냐?!"라는 적대감이 또다시 발동했을 것이다. 이들은 자기 자신을 제외하고는 모두가 적이라고 생각하기 때문이다. 그리고 모두들 마약을 한 상태라 제대로 된 상식적 판단이 가능치 않은 불같은 10대들이어서 도대체 어떻게 반응할지 짐작할 수가 없어 우리를 더 두렵게 만들었다. 더구나 한국을 떠나오기 전 지인에게 듣고 인터넷상에서 본 말, 즉 멕시코 갱단에게는 '외국인 납치가 가장 좋은 비즈니스'라는 말이 번뜩 떠오르며 눈앞이 캄캄해졌다. 제일 먼저 예정된 방송, 그리고 가족들 얼굴, 지인들과 친구들, 두고 온 일들, 돌아가서 해야 할 일들, 온갖 생각이 주마등처럼 뇌리를 스친다. '납치되면 안 되는데. 방송 못 하면 큰일 나는데…….'

앞차와 우리 차의 현지 직원들이 그들에게 연신 설명을 해댄다. 우리가 향하던 농장은 이미 25년 동안 한국 기업에서 운영하고 있음을 이 일대 사람들은 잘 알고 있다. 악명 높은 카르텔이지만 먹고살기 위해 농장에서 열심히 일하는 선량한 현지민들은 건드리지 않는다고 한다. 해당 농장은 이 나라 사람들에게 고용을 창출해주고 수입을 가져다주는 고마운 기업으로 통하고 있다. "한국 본사에서 홍보 영상을 찍기 위해 온 착한 한국인들이다."라는 것을 현지 직원들은 내내 강조한다.

권총을 찬 무리의 두목이 계속해서 무전기로 교신을 한다. 그보다 윗선의 보스에게 상황 보고를 하고 지시를 기다리는 것이란다. 우리는 느낌과 분위기로 돌아가는 상황이 여의치 않은 것을 짐작하고 있었기 때문에 앞일을 예측하는 것조차 불안하다. 아무 생각이 없다. 이놈들 조직이 얼마나 크고 체계적인지는 알 수가 없었고, 멕시코 경찰이나 군대도 맞닥뜨리기를 꺼릴 만큼 상식과 인정이 통하지 않는 무리임은 주지의 사실이었다.

내게 이런 경험은 이번이 처음이 아니다. 아직도 식인종이 출몰한다는 파푸아 뉴기니에 촬영을 갔을 때와 마약 밀매상들이 장악하고 있는 미얀마 국경 지대에서도 유사한 경험을 했었다. 그땐 젊었을 때였고, 돈과 담배 같은 것들로 위기를 모면했었다. 이미 오래전 일이었다. 그러나 멕시코는 분명 상황이 다르다. 이놈들은 돈을 요구하지도, 담배를 달라고 하지도 않았으며 카메라를 뺏으려 들지도 않았다. 잡혀서 인질이 되면 정부군에 맞서 정치적으로 이용해 먹을 구실을 찾을 것이다. 외국 방송사 취재진이니, 이들에게 그만큼 좋은 먹잇감이 또 있으랴. 극도의 공포와 불안이 차 안을 가득 메운 채 한참의 시간이 흘렀다.

두목 녀석의 지시가 있었고, 우리 차는 드디어 다시 출발할 수 있었다.

이제 해방! 자유란 생각이 들었다. 나중에 알게 된 사실이지만 내가 생각한 것처럼 단순한 것은 아니었다.

얼마 뒤 목적했던 농장에 도착했고, 차에서 내리자마자 옆 사람들 들으란 듯 카메라 감독에게 소리를 지르며 말했다.

"감독님, 후딱 찍고 빨리 철수합시다! 이놈의 멕시코, 목숨 내놓고 촬영할 일 없습니다. 정나미가 뚝 떨어지네요."

정말로 그랬다. 우리는 계속 불안에 떨어야 했고, 돌아갈 일도 걱정이 되었다. 애써 태연한 척하려 해도 서로가 아무 말도 못할 만큼 공황 상태에 빠져 있었다. 충격은 쉽사리 가시지 않았다.

카메라 감독과 나는 둘 다 베테랑이었다. 우리는 이곳에 온 이상 무엇을 해야 하는지 서로가 말하지 않아도 잘 알고 있었다. 해야 할 도리, 해야 할 바를 거부하지 않고 촬영을 이어갔다.

10분, 30분, 그리고 1시간쯤 지났을까? 현지 직원들, 현지 사장, 본사 직원 모두들 빨리 돌아가자고 계속 재촉들이다. 암만 대충 찍는다고 해도 방송을 위해선 A, B, C가 있다. 그것을 하지 않고서는 여기까지 왔는데 그냥 떠날 수가 없다. 게다가 납치의 위협, 생명의 위협을 느낀 터였으므로 촬영한 컷이 더더욱 소중하다.

나머지 사람들의 반응이 좀 이상하다 싶어 확인해보니 우리에게 총을 겨누던 카르텔 놈들이 언덕 위에 차를 내놓고는 우리의 행동거지를 모두 지켜보고 있는 것이었다. 우리 촬영에 방해가 될까 봐 카메라 감독과 나에게는 말을 안 했다는 것이었다. 순간 '헉' 했다.

그 농장을 떠나 숙소를 향해 돌아오는 동안 쌍라이트를 켠 녀석들의 차는 계속해서 우리 차를 쫓아왔다. 우리 일행이 무사 귀환하도록 다른 갱들로부터 보호해주기 위해서란다. 달리고 달려도 오직 수풀뿐인 끝없는 사막 같은 길을 1시간 정도 왔을까.

어디까지 쫓아올 건지, 어떤 식으로 반응할 건지, 도대체 돌발 상황을 예측할 수 없는 그 시간 내내 정말로 우리는 차 안에서 서로 단 한마디도 하지 못했다. 혹시나 숙소를 알아뒀다가 나중에라도 돌변하여 납치라도 하지 않을까 불안에 떨었다.

우리 일행들의 불안과 공포, 나에게도 그것은 똑같았다. 하지만 다른 것이 하나 있었다. 좀 엉뚱하다고 할지 모르겠으나 나는 정말 갱들과 마주 앉아 인터뷰를 하고 싶었다. 좀 더 욕심을 내서 녀석들 캠프로 들어가 깊이 있는 취재를 하고 싶은 마음이 굴뚝같았다. 현지 멕시칸 직원에게 그런 의사를 비췄더니 나보고 미쳤단다. 그놈들의 정보를 알면 살아나올 수 없다는 것이다.

'그래, 그럴지도 모르겠다. 하지만, 기왕 내가 본 것을 제대로 카메라에 담아 다큐로 만든다면 얼마나 좋을까?'

그럭저럭 멕시코에서의 취재는 모두 마치고 무사히 그곳을 벗어났다.

나는 가끔씩 멕시코에서의 공포의 시간들, 그 유쾌치 못했던 기억이 떠오른다.

사실 난 그 공황 상태에서도 예닐곱 개의 동영상을 찍었다. 일행들에게 이 이야기를 했을 때 그 위험한 상황에서 정신 나간 거 아니냐는 볼멘소리들이 이어졌고, 모르는 사람들이 알면 미친 놈이라 할는지 모르겠지만, 난 PD의 본능을 잠재우지 못했다. 그 영상을 방송에서 쓸 수 있다면 내용에 있어서도 좋고, PD로서도 커다란 보람을 느낄 수 있을지도 모르겠다.

그러나 혹시 모를 멕시코 현지에 있는 선량한 농장 직원들의 안전을 위해서 해당 영상은 어느 곳에도 공개하지 않고 그저 가슴속 깊은 곳에 묻어두기로 했다.

사실 그 영상들을 공개하지 못하는 것이 PD라는 직업인으로서는 못내 아쉽고 안타까운 일이기는 하다. 나는 학교 강의 때마다 학생들 앞에서 늘 얘기한다. 좋은 PD가 되려면 그만한 대가를 치러야 한다고, 그래야만 그 방송이 시청자에게 옳게 전달될 수 있는 거라고 말이다.

나는 이번 멕시코 취재에서 PD로서의 대가를 치렀다.

독립 PD들은 그런 힘든 상황 속에서 방송을 만들고 있다.

앞으로는 모든 방송이 안전 속에서 제대로 만들어지길 내심 기대하고, 그러기를 기원한다.

저는 투명 인간, 독립 PD입니다

김종관 PD [•]

"PD 일 재밌어요?"

"PD면 연예인 많이 봐요?"

"PD면 돈 많이 벌어요?"

현장에 가면 가장 많이 듣는 질문입니다.

방송 밖에서 바라보는 PD라는 직업에 대한 시각은 대체로 호의적이고 인생에서 성공한 직업처럼 여겨지는 경우가 많은데요, 저처럼 외주 제작 방송 프로듀서, 즉 독립 PD의 입장에서 이런 질문을 받을 때면 얼굴이 화끈거립니다. 현장에서 수많은 방송을 이끌어가는 PD는 대부분 독립 PD이지만, 우리가 직업인으로 살아가는

[•] 〈더 테이블〉, 〈최악의 하루〉 등 제작.

환경은 상상을 초월할 만큼 열악하기 때문입니다.

지난 7월 말, EBS 《다큐 프라임》 〈야수의 방주〉 프로그램 촬영을 하러 남아프리카 공화국으로 떠난 박환성, 김광일 PD가 사망했다는 소식을 들었습니다. 국내 최고의 자연 다큐멘터리 PD였던 박환성 PD였고, 방송으로 더 나은 세상을 만들겠다는 꿈을 공공연히 이야기해오던 김광일 PD였습니다.

소식을 들은 후 며칠 동안 잠을 잘 수가 없었습니다. 왜냐하면 저 역시 수없는 죽음의 공포와 함께 방송을 만들어오던 경험이 있기 때문입니다. 대부분 열악한 제작비 때문에 한 푼이라도 아끼다 보니 발생하는 문제였습니다.

열악한 제작 환경, 목숨을 내건 촬영

가령 행글라이더나 경비행기를 타고 항공 촬영을 하거나 수중 촬영을 하는 등 위험한 촬영을 할 때 촬영 감독이 촬영을 기피하면 PD가 직접 촬영할 수밖에 없습니다. 장기 출장이 대부분인 다큐멘터리 촬영 기간 동안 보험을 가입하는 경우는 극히 드물기 때문에 촬영 감독에게 위험을 강요할 수 없기 때문입니다.

비용을 아끼기 위해 최소 기간 안에 촬영을 마치려다 보면 장거리 이동을 수시로 해야 하는 경우가 많습니다. 이럴 때 하루 종일 촬영 후 늦은 밤 운전까지 감내해야 합니다. 운전사를 쓰거나 코디네이터를 쓰지 않고 제작진이 운전대를 잡다 보니, 예측할 수 없는 돌발 상황들도 자주 발생합니다.

새벽 2시에 출발하는 어선을 타고 먼바다에서 조업하는 것을 촬영할 때나 조금이라도 좋은 풍광을 찍겠다며 삼각대와 렌즈 가방을 든 채로 아슬아슬한 산비탈을 지나 벼랑 끝에서 삼각대를 잡고 수시로 '아무 일 없기를…….' 하고 기도합니다.

원하는 풍경이 나오지 않았을 때는 다음 날 혼자서 카메라를 지고 밤중에 산에 오르기도 하고, 별다른 안전 장비 없이도 물속에 들어가기도 합니다.

유가족과 독립PD협회가 남아프리카 공화국 사고 현장을 다녀와서 찍은 사진에는 처참한 차량과 뜯지도 못한 햄버거와 마시다 만 콜라병이 있었습니다. 두 PD 역시 제작비를 아끼고 조금이라도 촬영 시간을 단축하기 위해 코디네이터와 운전사도 없이 저렴한 승용차를 빌려 차 안에서 햄버거로 끼니를 때우며 밤에 이동하던 중에 사고가 난 것이었습니다.

대신 죽었다.

다큐멘터리를 만드는 독립 PD들이 수없이 상상해왔던 죽음의 시나리오가 정말 현실이 되었습니다.

고(故) 박환성 PD는 부족한 제작비를 메우기 위해 정부로부터 직접 받은 지원금마저 떼어가려는 EBS의 횡포에 맞서 싸우던 중이었습니다.

사건 이후 몇몇 PD들이 제작비 비교 현황에 대해 알려왔는데 비슷한 포맷의 다큐멘터리를 방송국 본사에서 제작할 경우 최대

10배의 제작비를 책정하기도 하고, 영국 등 해외 제작진에게 확인한 바 박환성 PD와 계약한 제작비의 최소 3배는 있어야 제작이 가능하다고 알려왔다고 합니다.

《VJ 특공대》, 《인간 극장》, 《TV 동물 농장》, 《세계 테마 기행》 등 방송국의 간판 프로그램들과 대부분의 드라마가 방송국 소속이 아닌 독립 PD들의 피와 땀, 눈물로 만들어지고 있습니다.

최소 비용으로 운영되는 게 미덕인 방송 외주 시장에서 PD들이 왜 이렇게까지 열심히 착취와 열정을 스스로 강요당해야 할까요?

방송 제작에서 PD들에게 가장 중요한 순간은 편집한 영상을 본사 프로그램 담당자인 CP에게 시사하는 시간입니다. 방송이 되어야만 제작비를 돌려받는 상황에서 방송 전파를 타고 안 타고를 결정하는 CP의 검토를 받는 시사 시간! PD뿐 아니라 근로자가 30인 이하가 대부분인 소규모 프로덕션들에게는 짧게는 몇 개월, 길게는 몇 년을 자비를 들여 만든 작품이기에 회사의 존망이 달린 문제입니다. 최근 문제가 되고 있는 방송국 본사 CP의 갑질 막말이 가능한 것은 이런 이유 때문입니다.

몇 년 전 친하게 지내던 선배 방송 작가와, 평소 시사 프로그램을 하고 싶다던 보조 작가가 방송계를 떠났습니다. 그들이 마지막으로 했던 방송이 《리얼 스토리 눈》이라는 프로그램이었는데요. 담당 PD마저 이런 대우를 받았으니 작가나 보조 작가는 어떤 대우를 받았을지 상상만 할 따름입니다. 이 프로그램을 하기 직전 모인 자리에서 "좋은 경험이 될 거야."라며 응원했던 게 지금은 너무나 부끄러운 순간이 되어버렸습니다.

두 PD의 사망 사고 이후 독립PD협회에서는 방송계의 갑질, 적폐 청산을 위한 조직을 만들었습니다. 바로 '방송사 불공정행위청산과 제도개혁을 위한 특별위원회(이하 방불특위)'입니다. 저는 이곳에서 특위 활동 기록을 담당하고 있습니다.

외주 제작사의 '을'질은 더 심합니다.

방송 현장에는 독립 PD를 비롯해 작가 그리고 촬영, 조명, 편집, 음악 등 수많은 분야의 프리랜서 전문가 혹은 노동자들이 있습니다.

최근 뉴스에서 tbs의 정규직 비율이 4%라고 하니 방송은 비정규직이 다 만든다고 해도 과언이 아닙니다. 방송국 정규직 공채 시험이 언론 고시로 불리고 있는 것은 바로 이런 이유겠지요.

이런 비정상적인 근무 환경에서 이들의 근로 환경을 보호해줄 여건이 마땅치 않다 보니, 갑질을 당하는 '을'인 외주 제작사에 속한 '을의 을'인 방송인들의 처우는 더 심각한 형편입니다.

최근 《리얼 스토리 눈》 CP의 막말 영상이 공개된 이후, MBC는 사과는커녕 편성을 정지하고 폐지를 고려하고 있습니다. 이로 인해 8개 제작사와 20~30여 명에 해당하는 PD들과 작가들은 생계를 걱정해야 하는 처지가 됐습니다. 잘못을 바로잡겠다고 했던 것이 오히려 칼이 되어 돌아오는 형국입니다.

그나마 최근 두 PD의 죽음과 방불특위의 활동으로 EBS에서는 관행으로 진행됐던 정부 지원금을 회수하는 '간접비' 폐지를 검토

중이고 독립 PD들의 근로 계약서와 안전을 위한 보험을 의무화하겠다고 밝혀왔습니다. 그간 보이지 않는 투명 인간들의 피와 땀으로 이뤄진 성과입니다.

방불특위 활동이 어디까지 지속적인 활동을 이어가고 어떤 성과를 낼지는 장담할 수 없습니다. 다만 확인할 수 있는 것은 이런 환경 속에서 좋은 콘텐츠와 양질의 일자리를 만드는 것은 불가능하다는 자명한 사실입니다.

"세상 어디를 떠돌든 너무 늦지 않게 집으로 돌아오라."

방송 작가 이용규•

아침, 저녁으로 새들이 마을 위를 오갑니다.

산 능선을 넘어오는 바람이 더욱 차가워졌고, 억새꽃의 색은 더욱 분명해졌습니다.

나의 사색은 바람 부는 언덕으로부터 시작되지만 끝은 언제나 방송쟁이의 고달픈 마감 압박으로 이어지곤 합니다.

방송 일을 한다는 게 참으로 두려웠습니다. 몇 번이나 도망치곤 했습니다. 전라북도 장수의 외딴 산골 빈집에 들어가 일 년을 살아본 적도 있고, 속초 미시령 자락 동루골에 들어앉아 일 년 반을 견뎌본 적도 있습니다. 식당 일을 2년 가까이 해보기도 했습니

• 《한국 기행》 등.

다. 그런데도 불구하고 난 불현듯 이곳으로 되돌아왔고, 오십 줄을 넘긴 지금에야 방송 일이 인연이라 생각하게 됐습니다.

그렇습니다. 나에게 방송은 인연입니다. 사람과 사람 사이의 인연이고, 사람과 풍경 사이의 인연입니다. 풀 한 포기 사소하지 않고 바람 한 점 사소하지 않습니다. 하물며 작가와 PD의 인연이야 오죽하겠습니까. 난 몇 년 전 13년 동안 함께했던 이성규 PD를 잃었습니다. 나에게 이성규는 단지 PD가 아니었습니다. 나에게 이성규 PD는 인도였고, 라다크였고, 무스탕이었으며, 바람 부는 몽골의 초원이었습니다. 그래서 이성규 PD를 떠올릴 때마다 가슴 한쪽 먼 지평선으로부터 밀려오는 통증 같은 것들을 느끼곤 합니다. 그의 죽음 앞에서 그나마 견딜 수 있었던 것은 어쩌면 그의 죽음을 인정할 수 없다는 스스로의 부정이었습니다.

박환성, 김광일 PD의 죽음으로 조금씩 아물어가던 나의 상처에 또다시 핏물이 고이는 것 같았습니다. 몹시 아팠습니다. 내가 아팠던 것은 그들과 특별한 인연이 있기 때문은 아니었습니다. 사실 박환성 PD를 몇 번 보기는 했지만 특별한 관계로 발전하진 않았습니다. 김광일 PD도 그랬습니다. 난 이들과 일해본 적도 술을 마셔본 적도 없습니다. 그런데 왜 김광일 PD의 부고 소식을 들었을 때 순식간에 수많은 것들이 떠올랐을까요. 그와 화장실 앞에서 만났던 것, 방송국 등나무 아래서 스쳤던 것, 그의 미소, 그의 옷차림, 그의 키, ······.

어쩌면 김광일 PD는 나에게 그냥 김광일 PD가 아니었나 봅니다. 수많은 후배 PD였고, 후배 작가였나 봅니다. 그래서 몹시 아팠나 봅니다. 장자에 나오는 한 마리의 나비처럼 어쩌면 김광일 PD는 이 고달픈 방송의 바다에 어렵게 찾아와 함께 일하고, 함께 울고, 함께 견디다 떠난 존재였나 봅니다. 그래서 만감이 교차했나 봅니다. 책상머리에 앉아 잠들어 있는 어린 작가들이 떠올랐고, 편집기에 기대 울고 있는 어린 PD들이 생각났나 봅니다. 수많은 김광일을 보고 있었나 봅니다.

또다시 박환성을 만들어서는 안 됩니다. 김광일을 만들어서는 안 됩니다. 이것이 그들이 이역만리 낯선 곳에서 우리에게 남긴 당부라고 생각합니다. 늘 피를 토하듯 일을 해내면서도 무존재의 그림자처럼 살지 말라는 당부라고 생각합니다. 창의력을 기반으로 하는 방송에는 절대로 갑과 을이 존재해서는 안 됩니다. 존중과 배려가 있어야 할 뿐입니다. 그래야 자신의 생각을 또박또박 기록할 수 있습니다. 정중하게 대상에게 다가갈 수 있습니다. 시청자를 두려워해야지 시청률을 두려워해선 안 됩니다. 자신을 두려워해야지 외주 CP를 두려워해선 안 됩니다. 양심을 두려워해야지 돈을 두려워해선 안 됩니다. 정중하고 단정하게 자신의 일을 향해 또박또박 걸어갈 뿐이라는 생각을 해야 합니다.

그래서 우리들은 싸워야 합니다. 독립권을 보장받아야 합니다. 그것은 권리이기 전에 의무입니다. 프로그램을 책임지고 있는 PD들이 응당 누려야 할 대가입니다. 그것 없이 어떤 것도 해낼 수 없다는 자각을 가져야 합니다. 그래야 방송이 살아날 수 있기 때문입니다. 방송국의 특정한 PD의 구미에 맞는 프로그램이 아닌 수많은 PD들의 창의력이 꽃피듯 만발하는 방송 시장이 될 수 있기 때문입니다. 그것은 사사로운 것이 아니라 대의입니다. 어렵겠지만 싸워야 할 이유입니다.

가끔씩 이들이 남기고 간 가족들을 생각합니다. 어떤 위로도 해줄 수 없다는 무력감을 느끼곤 합니다. 버스가 제시간에 오고, 사람들이 어김없이 출근하고, 하늘에 구름만 흘러가도 원망스러울 것이라 생각합니다. '세상은 이렇듯 잘 굴러가는데 환성이 형만, 애 아빠 광일이만 떠나버렸구나…….' 하는 생각에 참담함을 느낄 것이라 상상됩니다. 당연한 일입니다. 그래서 더욱 할 말이 없습니다. 김훈 선생이 쓴 글에서, 세월호 참사와 관련하여 김옥영 선생님이 옮겨주신 글 중에 한 사람의 죽음은 "당사자에겐 우주의 죽음이다."라는 글귀가 떠오릅니다. 맞습니다. 두 사람에게 죽음은 우주의 죽음입니다.

그러나 또 이런 말이 있습니다. "세상 어디를 떠돌든 너무 늦지 않게 집으로 돌아오라."

우리는 김광일을 보내지 않았습니다. 박환성을 보내지 않았습니다.

보내지 않는 한 그들은 되돌아올 것입니다.

너무 늦지 않았으면 좋겠습니다.

연휴의 끝

송규학 PD[•]

올해 추석 연휴는 유난히 길었다. 그 길고 긴 연휴가 끝나가면서 늘 달고 다니던 조급증과 불안이 다시 시작되었다. EBS에 새로 부임한 사장님이 이번 주에는 뭔가 의견을 보여주려나? MBC의 막말 갑질 대마녀 이 CP는 또 어쩌지? 피해자 설득도 해야 하는데. 제작 일지도 써야 하고 편집도 할 게 많은데, 내년 프로젝트 기획도 준비해야지. 연말에는 시사회로 할까? 영상제로 할까? 10월인데 아직도 시작도 못한 일들이 너무 많다. 그리고 광일이는, 환성이는…… 잊으면, 이렇게 잊히면 안 되는데. 세월호 가족들의 심정이 이랬었겠구나 짐작해본다. 아마도 지금 나보다 훨씬

• 독립PD협회 협회장, 〈나의 아들, 나의 어머니〉 제작, 〈시바, 인생을 던져〉 제작, 〈미얀마의 미소〉 3부작 연출 등 다수의 연출과 제작을 하였다.

더했겠지 싶다. 시간은 흐르고, 달라지는 건 없고, 내가 할 수 있는 것을 다 하고 있기는 한 건지, 잊혀가고 있다고 믿고 싶지 않은데 내 믿음, 생각과는 무관하게 세상은 또 움직이고 있다는 자괴감. 내가 할 수 있는 것이 있기는 한 걸까?

긴 연휴 마지막 날 아침 머릿속이 복잡하다. 우리(독립 PD들)는 늘 달력의 빨간 날과 무관하게 살아왔다. 남들 쉴 때 일하고 남들 일할 때도 일하고, '명절'이란 건 시청자들에게만 해당하는 거다. 우린 명절 연휴에도 TV 앞에서 무료해할 시청자를 위해 일한다.

방송 일을 시작한 지 3년쯤 지나고 보니 가족들도, 집안 어른들도, 더는 기다리지 않았다. 쟤네들은 원래 저렇게 일하는 거라고 인정(?)해주셨고 나는 '명절'에서 열외가 된 거다. 우리 독립 PD들은 그렇게 개인적인 일상에서 열외가 되고 하나둘씩 일상과 멀어지고, 연차를 거듭할수록 오랜 친구들과 멀어지고, 친척들과는 서해안 낙도 섬마을 이장님보다 더 멀어진다. 그렇게 열정을 다해서 일에 몰두할 수 있는 것도 '행복'이라면 '행복'이다. 남아공으로 출장 가서 이생에 돌아오지 못한 광일이와 환성이도 그렇게 남들 다 사는 일상보다는 현장에서 행복을 찾는 독립 PD들이었다. 자신이 만드는 방송 프로그램의 가치를 높이는 일이라면 금전적 손해, 육체적 수고, 시간의 투자를 마다하지 않는 열정으로 가득 찬 PD들이었다. 그러나 그들의 마지막 출장은 그 열정만으로는 감당하기 힘든 분노와 두려움이 더 컸던 것은 아닐까 생각해본다. '갑'님에게 농락당한 열정은 분노로 바뀌고, 현장에서 감당해야 할 제작비에 직결되는 시간에 대한 압박은 두려움이 되었을 게다. 그렇게 돌아오지 못할 출장에서 그 곧게 뻗은 왕복 2차선 고속 도로에서 그들은 무엇을 향해서 달렸을까? 그 마지막 순간에 무엇을 봤을까? (2017년 10월 9일)

긴 연휴의 마지막 휴일이던 지난 한글날 아침 어딘가로 향하는 지하철에서 휴대폰 메모장에 끄적였던 글이다. 다시 꺼내 읽으면서 얼마 전 공영 방송 파업 현장 돌마고 파티*에서 YTN 복직 기자들이 인사하던 순간이 떠올랐다. YTN에서 부당하게 해직됐던 노종면, 조승호, 현덕수 세 명의 기자가 9년 만에 복직되고 돌마고 무대에 인사를 하러 왔었다. 세 기자들이 복직 후 첫 출근을 하는 날 직장 동료들이 촬영해서 만든 영상을 먼저 상영했다. 말이 9년이지 얼마나 힘들었을까. 본인들뿐 아니라 가족들도 같이 고생했을 테고 그 가족들을 보며 얼마나 더 가슴이 아팠을까. 회사 앞에 나와서 9년 만에 당당히 출근하는 세 사람을 기다리는 직장 동료들, 서로 가슴으로 안아주는 사람들을 보며 울컥 가슴이 뜨

---

* 돌마고는 '돌아오라 마봉춘 고봉순'의 줄임말. 국민의 사랑을 받던 시절 MBC와 KBS의 별명이다. 박근혜 정부 말기에 공영 방송 정상화를 위한 투쟁을 시민 문화제 형식으로 매주 금요일에 열었다.

거워졌다. 9년 만에 돌아가는 직장이니 얼마나 가슴 벅찰까, 반겨주는 동료들이 얼마나 반가울까. 그리고 다음 순간엔 나도 모르게 눈물이 주르르 흘렀다. 9년 만에 다시 출근할 수 있구나. 길고 힘든 투쟁의 시간을 견디고 버텨야 했지만 돌아갈 수 있는 자리가 있다는 것이 부럽기도 했고, 우리 현실이 답답하기도 했다. 우리 독립 PD들은 제작 중인 프로그램이 끝나기 전에 다음엔 어디서 어떤 프로그램을 할까 준비하지 않으면 안 된다. 돌아갈 자리 같은 것은 없다. 늘 준비와 계획을 해야만 하는 것이 프리랜서의 숙명이다. 우리를 기다려주는 방송사는 존재하지 않으니까 말이다.

"우리 독립 PD들은 왜 저들처럼 돌아갈 자리가 있는 직장을 택하지 않은 걸까? 왜 굳이 프리랜서를 택한 걸까? 바보같이." 잠시지만 그런 푸념 같은 상념에 빠져 있었다. 하지만 '바보같이' 돌아갈 자리도 없는 프리랜서를 계속하게 된 분명한 이유가 있다. 자신이 연출하는 프로그램에 대해서 확고한 소신이 있고, 방송 PD라는 직업에 소명 의식이 있기 때문이다. 그리고 중요한 현실적인 이유가 하나 더 있는데 그것은 20여 년 개선 없이 지속되고 있는 방송 외주 시장의 불공정 때문이다. 방송 외주 시장에서 방송 PD로 10년차 정도 되면 웬만해서는 프로덕션에서 월급받는 직원으로 버틸 수가 없어진다. 외주 제작비 자체가 워낙 말도 안 되게 낮게 책정되어 있어서 외주 제작사는 결코 정상적인 수익을 남길 수 없는 구조이다. 결국 직원들이 더 많은 일을 감당하기를 원하게 되고 방송 프로그램 제작 업무의 특성상 제한된 시간에 완성해야만 하고 담당 PD가 그 책임을 지도록 되어 있다. PD들은 과중한 업무와 책임감 그리고 시간의 압박까지 받아야 한다. 그런 압박에서 조금이라도 자유롭고 싶다면 수입이 불안정해지더라도 자신의 프로그램만을 책임감 있게 제작·연출할 수 있는 프리랜서의 길을 선택하게 되는 것이다. 그런데 프리랜서로 방송 프로그램을 연출하는 PD가 되면 제작비 예산에 대한 압박을 감당해야 하는 경우가 많다. 늘 부족한 제작비를 충당하기 위해서는 기업의 협찬을 받거나 정부의 방송 제작 지원 제도에 지원해야 한다. 물론 방송사에서도 대놓고 협찬을 요구하거나 제작 지원금을 신청해보라고 하기도 한다. 그래서 협찬에 성공하거나 정부 제작 지원작으로 선정되면 그 지원금마저 방송사는 '송출료' 또는 '상생협력방안' 등 간접비 명목으로 40% 이상을 요구한다. 그래서 어렵사리 마련한 지원금이나 협찬금을 온전히 제작비로 사용하지 못하는 게 현실이다. 박환성 PD와 김광일 PD가 남아공에서 코디네이터도 없이 현지인 운전사도 고용하지 못하고 밤길에 직접 운전하며 이동을 해야 했던 것도 그런 제작비의 압박 때문이었다. 남아공에서 《다큐 프라임》 촬영 중에 순직한 박환성 PD는 정부 제작 지원금에 대해 방송사가 40%를 간접비로 요구하는 근거가 무엇인지 공문을 보내 질문했지만 아직까지 그 답을 듣지 못했다. 그리고 당사자들의 사과도 듣지 못했고 명확한 진상 규명을 위해 구성했던 협의체도 EBS의 사장이 바뀌면서 흐지부지되어버렸다. 그리고 상생협력방안을 모색 중이라고 한다.

지난 12월 19일 정부는 5개 부처가 공동으로 '방송프로그램 외주제작시장 불공정관행 개선 종합대책'을 발표했다. 방송통신위원회, 문화체육관광부, 과학기술정보통신부, 고용노동부, 공정거래위원회 5개 부처가 공조해서 만든 종합대책은 방송제작인력 안전 강화 및 인권보호, 근로환경 개선, 합리적인 외주제작비 산정 및 저작권 배분, 외주시장 공정거래 환경 조성, 방송분야 표준계약서 제·개정 및 활용확대 등 5개 핵심 개선 과제와 16개 세부 과제를 선정했다. 방송업계에서 외주 정책이 처음 시작된 1991년 이후 처음 있는 일이다. 이는 남아공에서 순직한 고 김광일, 고 박환성 두 PD가 우리에게 남긴 선물이라고 할 수 있다. 그리고 우리에게 남은 숙제는 정부 부처의 이런 개선 노력이 방송사들과 함께 잘 지켜지고 실질적인 방송 문화와 환경이 개선되도록 감시하고 참여하여 더 좋은 방송 환경을 후배들에게 안겨주는 일일 것이다.

2017년은 '휴가', '여름' 이런 단어들을 떠올려보지 못한 채로 훅 지나가버렸다. 그러나 긴 휴가의 후유증처럼 본래의 자리로 돌아가는 것이 힘들다. 아니 다시 돌아 갈 수 없다. 그들이 출장을 떠나기 전, 그들과 함께하는 순간으로 다시 돌아갈 수 없다. 그들은 큰 의미로 우리 곁에 남았고 우리는 그 의미를 의무감으로 지켜야 한다.

흔적을 남기다

흔적1

■ 박환성 PARK Hwan-sung | PD, Documentarist

  1969년 4월 6일 PM 6:30 ~ 2017년 7월 14일 PM 8:45

■ 약력

  2017년 : 〈야수의 방주〉 2부작,

  　　　　〈코끼리 소년의 눈물〉 (KBS, NHK) - 제작 중

  2016년 : 〈아버지의 이름으로〉 3부작 (EBS 다큐 프라임)

  　　　　〈기적의 인연〉 (SBS)

  2015년 : 〈생존의 비밀〉 5부작 (EBS 다큐 프라임)

  2012년 : 〈은밀한 욕망, 사자 사냥〉,

  　　　　〈해달의 경고〉 (KBS 파노라마)

  2011년 : 〈위험한 동거, 소년과 하이에나〉 (MBC 다큐 스페셜),

  2010년 : 〈욕망의 게임, 투마〉 (KBS, NHK)

  　　　　〈호랑이 수난사〉 2부작(EBS) - 23회 한국 PD대상

  　　　　독립제작부문 작품상

  　　　　〈순다르반스〉 (KBS 환경 스페셜)

2009년 : 〈말라위 물 위의 전쟁〉 3부작 (EBS 다큐 프라임)

– 22회 한국 PD대상 독립제작부문 작품상

2008년 : 〈아프리카 맹수 벼랑 끝에 서다〉,

〈툰드라의 순례자, 순록〉 (KBS)

2007년 : 〈목숨을 건 다이버, 심해잠수사〉,

〈개에 대한 오해와 진실〉 (KBS)

2006년 : 〈킬러의 수난, 구렁이와 살무사〉 (KBS),

〈나이테의 비밀〉 (SBS)

2004년 : 〈솔개〉 (KBS)

"술술 이야기로 풀어가는 자연 다큐 하고 싶다"•

[인터뷰] <호랑이 수난사>로 2관왕 거머쥔 박환성 독립 PD

텔레비전 채널이 바쁘게 돌아가다 자연 다큐멘터리 채널에서 멈춘다. 호텔 객실에 머물던 직장인 박환성 씨가 자연 다큐 PD (블루라이노 픽처스)로 길을 튼 순간이다. 학부 졸업 후 3년간 직장 생활은 '욱' 사표를 여러 번 던질 만큼 영 맞질 않았다. 해외 출장이 잦았던 그는 작은 호텔방에서 인생의 전환점을 맞았다.

"여기저기로 채널을 돌리다 눈에 들어온 게 자연 다큐멘터리 《내셔널 지오그래픽》이었어요. 그 순간 문득 '(다큐멘터리 제작자들이) 먹고살 만하니까 저런 다큐를 제작하는 게 아닐까'라

• 이 글은 《PD저널》(2011. 3. 7.)에 실렸던 인터뷰 전문을 재수록한 것이다.

는 생각이 들던데요."

박 PD는 다시 '욱' 사표를 던지고, 한국을 떠났다. 카메라에 문외한이었던 그는 미국에서 촬영 및 편집 기술을 바닥부터 배웠다. 두 번째 전환점은 학교 공고 게시판에 붙은 '와이오밍 잭슨홀 자연 다큐 페스티벌' 자원 활동가 모집 공고다. 미국의 '와이오밍 잭슨홀 자연다큐 페스티벌'은 영국의 '와일드 스크린 페스티벌'과 자연 다큐멘터리의 양대 산맥 페스티벌로 매년 번갈아 열린다.

그는 그곳에서 자원 활동을 하면서 "대형으로 제작하는 영화 시스템보다 소규모 스태프로 제작하는 자연 다큐가 자신과 잘 맞는다는 걸 알게 됐다."라고 말했다. 박 PD는 타이트한 조직 대신 자유로움을, 대규모 영화판 대신 소규모 다큐멘터리 현장을 택했다.

박 PD의 다큐멘터리 속 주인공은 솔개, 호랑이, 구렁이, 살모사 등 야생 동물이다. 그의 작품은 익숙하지만 계몽적이지 않다. 박 PD는 "등장인물이 야생 동물일 뿐 결국 동물의 삶을 빌려 사람들의 이야기를 하고 싶었다."라면서 "제작 시 가장 고려하는 요소는 생물학적 지식 전달보다 사실을 왜곡 없이 조합해 치밀한 이야기로 구성하는 것이다."라고 말했다. 한 번도 다루지 않은 획기적인 소재를 찾기보다 기존의 소재를 새로운 시각으로 설득력 있게 풀어낸다면 시청자들이 충분히 공감할 수 있다는 것이다.

최근 한국PD대상 작품상과 한국독립PD상 최우수상을 거머쥔 EBS 《다큐 프라임》〈호랑이 수난사〉도 '이야기의 힘'을 보여준 것과 다름없다.

  "'호랑이'가 참신한 소재는 아니죠. '호랑이'를 디스커버리 채
널에서는 과학적 접근으로, EBS 다큐멘터리에서는 '시베리아
호랑이'라는 생물학적 종(種)으로 풀어낸 적이 있죠. 저는
'호랑이'가 '맹수'라는 상징성으로 사람들의 폭발적 관심을 받
으면서도 수난을 겪고 있는 '아이러니한 현실'을 보여주고자 했
습니다."

  사람들은 맹수성이 강할수록 더욱 집착한다. 〈호랑이 수난사〉
는 다큐멘터리의 제목처럼 호랑이의 관광 상품화, 밀수와 학대 현
장을 보여준다. 박 PD는 "작품 내에 구체적 대안을 제시하는 건
과하다 싶었고, 다만 있는 그대로의 현실을 보면서 공감을 이끌어
내고 싶었다."라고 말했다. 그는 "혹시 이 다큐멘터리를 보고서 야
생 호랑이를 관광하려던 사람들 중 한두 명이라도 덜 간다면 그걸
로 족하다."라고 덧붙였다.
  이처럼 현실을 그대로 보여주는 자연 다큐멘터리는 생생함을
전달하지만 그만큼 담아내기도 쉽지 않다. 아무리 사전 작업을
많이 해도 예외적인 변수가 늘 발생해서다.

  〈호랑이 수난사〉는 약 6~7개월 촬영 기간 동안 짝짓기는
운 좋게 3~4일 만에 찍었지만 사냥 장면은 무더운 날씨 때문

에 촬영 장비가 제때 작동하지 않아 스틸 사진으로 찍을 수밖에 없었죠."

이처럼 자연 다큐멘터리는 확률 싸움이다. 보통 1년에 한 편 정도면 높은 완성도의 작품을 제작할 수 있을 테지만, 소규모 독립 제작사가 유지되기 위해선 3~4편을 제작해야 한다. 짧은 기간에 여러 작품을 만들어야 하다 보니 운에 기대기도 쉽지 않은 형편이다.

"늘 작품을 끝낼 때면 좀 더 많은 시간과 인력, 더 나은 장비가 있었다면 좋은 그림이 나왔을 거라는 아쉬움이 남죠."

독립 제작 현실의 이면을 보여준다. 박 PD는 "방송사는 독립 제작사에 낮은 제작비를 요구하고, 독립 제작사는 방송과 저작권을 모두 쥐고 있는 방송사에 종속적일 수밖에 없다."라고 지적했다. 이에 독립 PD들은 권익 찾기 위한 행동을 시작했다.

"장기적으로 방송과 제작이 분리돼야 새로운 인력이 유입되리라 봅니다. 방송사와 독립 제작사의 갑을 관계를 개선하는 것도 중요하지만 독립 제작사와 수많은 프리랜서 PD들 간의 갑을 관계에서도 부당한 사례들이 비일비재하게 발생하기에 이 부분도 놓치지 말아야죠."

그는 독립PD상 시상식에서 조연출을 구하기 어려운 현실을 토로하며 "조연출 후배가 많아야 좋은 프로그램도 만들 수 있다."라고 소감을 밝히기도 했다. 올해 박 PD는 야생 동물과 사람 간 이야기를 버무린 다큐멘터리를 제작할 예정이다. 인도 순다르반 지역의 식인 호랑이의 위협에도 꿀을 따려고 목숨을 거는 지역민 '허니 헌터(Honey hunter)'와, 소 대신 말로 농사짓는 중국의 소수 민족 묘족 이야기를 그려낸다. 이번엔 현장을 누비는 박 PD와 함께 든든한 조연출 후배가 어깨 너머로 촬영 기술을 배우는 기회가 되지 않을까.

흔적2

■ 김광일 KIM Kwang-il PD | Documentarist
  1980년 11월 26일 PM 3:30 ~ 2017년 7월 14일 PM 8:45

■ 약력
  2017년 : 〈야수의 방주〉 2부작
  2014년~2017년 :《다문화 고부 열전 (2014년~2017년)》(EBS)
            EBS 다문화 고부 열전 시청률 4% 달성상 2014년 12월
            31일 (EBS)
            EBS 추천 작품상 2015년 12월 22일 (KIPA)
  2015년 : EBS 방송대상 교양문화부분 작품상 2015년 12월
            31일 (EBS)
            《걸어서 세계 속으로》(KBS),
            《세계 견문록 아틀라스》(EBS)
  2013년 :《다문화 사랑》(EBS)
  2012년 :《다문화 휴먼 다큐 가족》(EBS)

2011년 : 《여유 만만》, 《생생 정보통》, 《영화가 좋다》 (KBS)

2010년 : 《괜찮아U》, 《진짜 한국의 맛》 (SBS)

2009년 : 《한국 농업 희망을 쏘다》 3부작 (MBN)

2008년 : 《생방송 오늘 아침》 (MBC)

미래가 보이지 않는 길 위의 인생•

나를 변화시키는 사람

세상을 살아가면서
만나는 그 어느 누구도 다
나에게는 시사적(示唆的)이다.
조금 격을 높여 말한다면
다 계시(啓示)를 주고 있다고 해도 좋다.
어쩌면 절대 통하지 않는 사람은
더 크고 더 절대적인 계시를 주고 있는지도 모른다.

– 이수태의《어른 되기의 어려움》중에서

• 이 글은 2015년 생전 고(故) 김광일 PD가 쓴 글을 정리한 것이다.

'절대 통하지 않는 사람', 나에게도 분명히 그런 사람이 있을 텐데 어찌할 것인가?

"당신은 누구의 어떤 사람인가? 나도 누군가에게 절대 통하지 않는 사람이 아닐까?"라는 물음을 시작으로 나에게 수없이 많은 질문을 던져봤다.

나도 처음부터 누군가에게 통하는 사람이거나 통하지 않는 그런 사람은 분명히 아니었을 것이다. 만나고 이야기하고 일하다 보면 생겨나는 일상적인 변화라고 생각하고 있다.

이수태의 글처럼 어른이 되는 것이 가장 어렵다. 나 또한 어른처럼 누군가에게 절대적인 변화를 줄 수 있다면 얼마나 좋겠는가 생각해본다.

세상을 통해 내가 변화된 만큼, 부조리함에 또 어리석음에 나는 변화를 시도할 것이다. 그 시도를 통해서 진심으로 작은 불씨 하나라도 켤 수 있다면 약간은 성공한 것이 아닐까. 그래서 누군가에게 보여주기 위함은 아니지만, 글을 두서없이 나열해보기로 한다.

어른이 되기 위해 우리는 정말 많은 고민을 하고, 일을 하고, 사람과 관계를 맺으며 살아간다. 사람들에게 나란 존재는 그냥 그저 그런, 살아가면서 만나는 단 하나의 사람일 것이다. 그래도 또 다른 누군가에게는 희망의 씨앗이기도 하리라.

새로운 누군가를 만나 이야기를 주고받다 보면 사람들이 나에게 꼭 물어보는 것이 있다.

"혹시 무슨 일 하세요?"

"그냥 여기저기 돌아다니며 일하고 있습니다. 그런데 왜요?"

"궁금해서요. 이야기하다 보니 참 많은 것을 알고 있어서 궁금해서요."

"아, 네. PD 하고 있어요."

이렇게 이야기를 하면 상대방이 나에게 항상 하는 말은 늘 비슷하고 똑같았다.

"와! 좋겠다, 방송 PD면 방송국에서 연예인 많이 보겠네요. 누구 봤어요?"라거나

"방송 PD면 좋은 직업이네. 월급 많이 받죠? 어디 방송국에서 일해요?"

"○○○방송국 ○○○○라는 프로그램을 하고 있습니다."

"와, 그거 내가 정말 좋아하는 프로그램인데……. 꿈의 직업이네요. 저도 방송국 구경 가고 싶어요. 개그 프로그램표 좀 구해주세요."와 비슷한 말을 많이 듣는다.

처음에 나는 내 직업이 절대 창피하지 않았다. 외주 PD이지만, 늘 당당했고, 즐거웠고, 행복했고, 세상을 변화시키기 위해서 나부터 방송 프로그램을 잘 만들어야 한다는 생각으로 열심히 일하면서 살아왔던 사람 중 하나이다.

그러나 요즘은 내가 하고 있는 업무나 내 직업에 대해서 다른 누군가에게 이야기하고 싶지 않다.

어릴 적부터 나는 가난했고, 제대로 먹지도 못했고, 부모님의 도움을 받지 않고 아르바이트를 하면서 생활했다. 또, 방석집 근

처에 살았고, 방석집에서 일하는 여자들이 학교에 가는 나를 붙잡고 한 번 왔다 가라고 한 적도 있었다. 내가 학생이라고 하니 학생은 남자 아니냐고 말을 했고, 그렇게 세상의 흑과 백을 다 겪으며 살아왔다. 또, 부모님에게 손을 벌리지 않았고, 용돈을 벌기 위해 농수산물 시장에서 과일을 떼어다가 리어카에 싣고 과일을 팔았다. 그리고 그렇게 번 돈으로 혼자서 자전거를 타고 전라도까지 다녀왔다. 이런 일련의 과정은 어떻게 보면 나를 성장하게 만드는 원동력이 됐을 수도 있고, 세상에 반감을 사게 만드는 상황이었다고도 말할 수 있을 것 같다. 정말 많은 사람을 봤고, 그들에게 듣고 싶었고, 더 깊이 들어가고 싶었다. 그래서 세상을 많이 볼 수 있고, 찍어서 방송에 내보낼 수 있는 PD를 동경해왔기에 PD가 되고 싶었다. PD가 되기 위해 벽성대 방송연예과를 지원해서 다녔고 다니다가 군 입대를 했다. 군대에서도 선임을 잘못 만나 맨날 두들겨 맞았다. 담배도 못 피운다며 맞고, 근무를 서는데 어떤 남자가 차를 타고 가는데 그 남자가 옆자리에 여자를 태우고 간다고 맞고, 부모님이 면회를 오셨는데 선임과 동기들과 함께 먹으라며 치킨을 사왔다며 또 맞아야 했다. 계속 매를 맞는 공포 속에서 가위에 눌리기 시작했던 것이 이때부터였다. 나는 군대 선임에게 매일 맞으며 죽기 살기로 버티다 겨우 전역했다. 군 전역 후 복학하고 교수님의 추천으로 JTV 전주방송에 들어가 조연출 생활을 했다. 이 학교를 졸업하고, 원광대학교 신문방송학과에 편입하면서도 전주방송에서 조연출 업무를 이어갔다.

내가 생각하기에 방송국 PD라는 직업은 많은 사람을 만나고 그들을, 사회의 부조리함을, 또 세상의 억지스러운 모습을 촬영하고 여과 없이 방송으로 내보내는 일을 하는 사람이었다. 나 또한, 억지스러운 세상을 모조리 바꾸고 싶었던 사람 중 하나이고, 세상에 내가 있으므로 세상이 비로소 돌아간다고 생각하는 '나를 믿는 종교(일명, 나신교)'의 신자 중 한 명이다. 나는 "세상의 중심은 바로 나고, 내가 중심에 있을 때 비로소 세상은 돌아가기 시작한다."라는 말을 줄곧 하고 다녔다. 나는 작은 6mm 카메라에 세상의 모든 이야기를 담고, 내가 보고 들은 것을 편집해 방송하고, 많은 사람들이 내 작품을 공감하면서 시청하고 세상을 긍정적으로 보면서 변화를 시도한다면 그것이야말로 세상을 바꾸는 가장 좋은 방법이라고 생각했다.

그러나 지금은 내 직업에 대해 자꾸만 다음과 같은 의문이 생긴다.

하나, 과연 프로그램을 만드는 PD는 좋은 직업인가?

둘, PD는 다 같은 방송국 PD인가?

셋, 내가 원하는 방송을 원하는 방향으로 만들어 여과 없이 방송에 내보낼 수 있는가?

넷, PD는 사람인가?

다섯, 나는 무엇을 위해 PD가 됐는가?

여섯, 나는 프로그램을 연출하고 책임질 수 있는 PD인가?

일곱, 나는 왜 사람들에게 PD라는 직업을 숨기고 싶은 것인가?

여덟, 진정 내가 원하는 길이 이 길이 맞는 것인가?

아홉, 방송으로 과연 세상을 변화시키는 것이 가능한가?

열, 세상을 변화시킬 수 있는 단 1%라도 있으면 나는 GO를 해야 하는가?

더 많은 의문도 있지만, 일단 딱 10가지 정도로 추려봤는데 이 질문에 대한 답이 명확히 떠오르지 않는다. 방송 일을 하지 않는 일반 사람들이 좋겠다고 말하는 PD는 사실 나 같은 사람이 아니다. 방송국 본사에서 근무하는 방송국 본사 PD이고, 나는 본사에서 하청을 주는 외주 제작사 외주 PD이다. 내가 이 질문을 던졌을 때 나는 일반적으로 내가 혼자 결정을 내려서 할 수 있는 일이 없었다. 아침 방송을 하는데 다섯 살 어린 남자아이가 원장에게 성추행을 당한 사건이 있었다. 그 사건에 대한 이야기를 듣기 위해 방송사에서 시키는 대로 프로그램을 만들었고, 모자이크 처리를 해서 방송을 내보냈다. 그런데 나는 그 방송 때문에 소송에 휘말릴 위기에 처했다.

그 원장에게 가서 무릎을 꿇고 방송을 내리겠다며 사정을 하고 나서야 소송건은 없었던 일이 됐다. 그 누구도 나서지 않고, 나 스스로 해결해야 하는 일이었다. 이렇듯 변하는 것은 없었다. 내가 주제가 넘었던 것 같다. 세상을 바꾸기 위해 방송 PD라는 직업을 선택했지만, 점점 세상이 아닌 내가 바뀌고 있다. 이런 세상에 맞서기보다 점점 세상에 등을 돌리고 무뎌지는 나로 말이다.

나는 아직도 어른이 되려면 먼 것 같다.

나의 영웅, 나의 사랑

"영미야, 너 진짜 대단하다!"

"오 작가는 씩씩하게 잘하고 있는 거야. 이건 남자도 쉽게 버티기 힘든 일이지."

"그래, 그렇게 사는 거야. 고생했어. 차츰 나아질 거야."

"엄마는 강한 거야. 지금처럼 강하게 버티렴."

"혼자서도 살 수 있어. 네 남편이 곁에서 지켜줄 거야. 열심히 살아."

언제부턴가 나는 이런 '대단하다', '잘한다', '장하다', '강해 보인다'는 말을 들으며 마치 영웅이 된 것처럼 살아가고 있었다.

그냥 간신히 버티고 있는 건데, 이 세상에서 어쩔 수 없이 살아가고 있는 건데 영웅 대접이라니. 마음이 조금 불편했다. 왜일까? 남편을 잃은 것도 힘들고, 버티는 것조차 나에게 너무 버거운 일인데 슈퍼우먼이 되어야 하는 걸까? 나는 내가 그래야만 하는 이유를 몰라 나 자신에게 질문을 던졌지만 답은 없었다. 그저 인터넷 뉴스를 본 사람들이 우리의 대화 내용을 보고 동정 여론을 형성했고, 기사를 통해서 혼자서 버티는 게 대단하고, 신기해 보였을 것이라 추측만 할 뿐이다. 남편을 잃고, 두 어린아이들을 키워야 하는데 혼자서 버티던 어느 날 벼랑 끝에 내몰린 느낌이 들었다. 나는 영웅이 되고 싶지도 않을뿐더러 영웅도 아니다.

그저 이 시대에 태어나 한 여자로, 엄마로, 작가라는 직업을 가지고 살아가는 젊은 미망인일 뿐이다. 미망인, 과부라는 말은 정말 거북할 정도로 듣기 싫었다. 이 두 단어는 텔레비전 연속극이나 소설 속에만 등장하는 것일 뿐이란 생각을 했다. 내가 그렇게 드라마, 영화의 소재 중 하나라고 생각했던 일을 지금 겪고 있다. 현실은 드라마, 영화 속 내용과는 정말 너무도 달랐다. 대부분 슬프고 주인공의 해피엔딩으로 끝났던 극 자체의 이야기는 현실적이지 않았다. 그 이야기는 이 시대에 살아가는 우리가 바라는 대로 이야기를 퍼즐 맞추듯 끼워 맞췄기 때문이었다.

술은 좋아하지만, 술집에서 여자를 만나는 것을 좋아하지 않았고, 당구나 포켓볼, 게임 등 유흥 문화를 좋아하지 않았던 그는 항상 나에게 기대고 나에게 이야기했다. 집에 가면 내 여자가, 내 편이 곁에 항상 머물고, 따뜻하게 안아줄 수 있는데 그런 곳에 갈 이유도 없다며 그게 이해가 되지 않는다고 했다. 그래서 국장, 팀장 등 다른 사람들은 이 사람을 자신들의 모임에 끼워주지도 않았다.

촬영을 가면 제작비도 허튼 곳에 쓰지 않고, 밥도 굶어가며 아끼고 아껴 100만 원 남짓을 남겨 와서 회사의 이익 창출을 하는데 한몫했다. 왜 그렇게 많이 남겼냐고 물었더니 그가 이렇게 말했다. 쓸 곳도 없고, 최대한 필요한 곳에 쓰다 보니 이렇게 된 것이라고. 그리고 내 돈도 아닌데 아무 곳에 팍팍 쓸 수는 없는 거라고 말이다. 자신은 해외 촬영 가서 제작비를 가지고 유흥을 즐기는 데 돈 쓰고 그러는 PD들 때문에 자기처럼 일하는 사람이 욕을 먹는 거라며 그러면 안 된다고 했다. 다른 PD들이 돈을 남겨 오는 이 사람 때문에 피해를 보게 됐고, 돈 좀 남겨 오지 말라고 성화였다. 그리고 회사에서는 다른 프로그램에서 적자가 났으니 이 사람 보고 흑자를 내라고 제작비를 점점 더 많이 남겨 오라고 했다. 밥도 굶어가며 일할 필요가 없었다. 제작비를 남겨 와도 욕먹고, 일을 열심히 해도 욕먹고, 선배를 내치기 싫다고 자신이 나가겠다고 말해도 욕먹는 이런 게 사회였다. 그래도 이건 아니지 않는가. 결국 그 속에서 진짜 있어야 할 사람은 자신이 잘못된 건가 고민을 하면서 점점 작아졌고, 그 회사에서 나가기로 결심했다.

그런 결심을 하고 그만두겠다고 말을 한 그에게 회사는 인심을 쓰듯 한 달만 쉬고 오라고 했다. 휴가를 다녀오면 다른 자리를 주겠다고 했다. 그렇게 그는 회사를 믿어보기로 했다. 나 역시 혹시나 하면서 지냈다. 시간은 흐르고 회사에서는 이력서를 빌려달라고 연락했을 뿐, 다시 오라는 말은 없었다. 그저 차일피일 미루기

만 했다. 그는 해가 지나도 혹시나 싶은 마음에 회사에서 연락이
오기를 기다리며 간간히 알바를 하면서 지냈다.

촬영을 가서도 매번 제대로 잠도 못자고, 먹지도 못하고, 그 나
라, 혹은 그 지역의 맥주 한 캔으로 버티기 일쑤였다. 그 스트레스
를 누가 이해할 수 있을까. 나는 이미 알고 있었지만, 그를 쫓아다
니며 해결을 해줄 수 없었기 때문에 곁에서 말동무가 되어주었다.
그리고 옆에서 힘이 되어줄 뿐이었다.

그는 자신이 힘을 낼 수 있는 원동력은 나와 아이들이라고 했다.
사랑하는 내가 곁에 있어서 힘들어도 버틸 수 있는 것이라 말했다.
우리는 힘든 삶 속에서도 서로를 의지하고 믿으며 살았다. 믿음과
신뢰는 삶과 죽음의 경계에서도 그가 악착같이 버틸 수 있는 이유
였다고 말하며 사랑한다고 말해줬다.

어느 날 갑자기 한창 촬영 중이어야 할 시간에 촬영을 갔던 그
가 전화가 왔다.

"나, 몸이 이상해."

"응? 몸이 이상하다고? 어디가 어떻게 이상한데!"

"숨 쉬기가 힘든 것 같아. 심장이 멈췄다가 뛰기도 하고, 벌렁
벌렁거리기도 하고."

"병원은 갔었어?"

"응, 병원에 갔는데 부정맥 증상이 있는 것 같다고 하네. 일단
소견서는 썼는데 큰 병원에서 다시 진료를 받아보라고 하네. 약

만 줬어."

"그럼 어떡해. 지금 병원 가야 하는 거 아냐?"

"약 먹고 괜찮아졌어. 일단 촬영이 더 급하니 이것부터 해결해야지. 며느리가 뭘 하려고 안 하네. 찍을 게 없어. 아침에 애들 보내는 거 말고 집에서 계속 텔레비전만 보고 있네."

"우리 여보, 힘들어서 어떡해. 미안해. 우리 때문에 고생만 해서……."

"아니야, 괜찮아. 나 지금 또 촬영 들어가야 하니까 이따가 끝나고 전화할게. 걱정 말고 애들 잘 챙기고 있어. 일단 알아두라고 말한 거니까."

"근데 어떻게 걱정을 안 해. 내가 갈까?"

"오긴 어딜 와. 애들은 어떡하고"

"아니, 애들 데리고 같이 가면 돼. 자꾸 신경 쓰이고 걱정돼서……."

"애들 학교는 어떡해."

"학교에 말하고 다녀와도 되고 아니면 나 혼자 당신 있는 곳에 잠깐 다녀와도 되고."

"그러지 마. 그냥 집에서 만나. 애들만 두고 어떻게 와."

"정말, 걱정이야. 당신, 담배도 좀 줄이고, 술도 좀 줄여야 하는 거 아냐?"

"줄이고 싶은데 그게 생각처럼 잘 안 되네. 편집할 때 담배라도 물고 있지 않으면 나 편집을 못 해. 매일 에너지 음료 5캔씩 마시는데도 잠이 계속 오거든."

"에너지 음료 그렇게 많이 먹으면 이도 상한다던데 그걸 그렇게 많이 먹어?"

"다들 그래. 근데 나 진짜 몸이 안 좋아지는 것 같아. 이 일을 계속할 수 있을지 모르겠네."

"당신, 이렇게 일하는 게 너무 힘든 것 같아. 나도 애들만 누가 봐줄 수 있으면 지금처럼 말고 제대로 나가서 활동할 수 있고 좋을 텐데 말이야."

"일단, 나 촬영 들어가야 하니까 나중에 다시 전화할게. 걱정하지 말고 있어. 밥 챙겨 먹고."

"응, 우리 여보 사랑해. 일 열심히 하고, 전화 꼭 해."

"나도 사랑해. 끊을게."

우리는 이렇게 대화를 마친 후 전화를 끊었다.

나는 그 사람에게 해줄 수 있는 일이 없었다. 그 사람이 버는 만큼 일을 하려면 내가 나가서 일하는 동안 아이들을 돌봐줄 사람이 있어야 하는데 그럴 수 없어 간간이 소일거리를 하면서 보냈다. 되도록 나가지 않아도 되는 방송 일을 찾아서 하고 있었기 때문이다.

아이들이 아직 어린데 집도 없고, 재산도 없고, 번듯한 직장도 없는 우리인데 나라에서는 받는 월급이 저소득층이 아니라며 지원해주는 것도 없고 세금만 많이 부과하고 있었다. 우리가 가입하지도 않은 국민연금도 의무라는 이유 하나만으로 계속 내라고 독촉장이 왔고, 집을 가압류하겠다는 통지서를 받았다.

외주 제작사에서 독립 PD로 십여 년을 일했던 그는 가족 때문에 말도 안 되는 부당한 것들을 대부분 참아냈다. 그러나 다른 동료가 당하는 부당함은 그냥 넘어가지 않았다. 그의 그런 성격 때문에 대표와 국장에게 항의한 후에는 피해도 많이 봤다.

축구 경기에는 전반전이 끝나고 잠시 쉬며 후반전을 대비하는 시간인 하프 타임이 있다. 그는 하프 타임을 적절히 이용할 시간이 없었다. 인생의 후반전을 준비해야 할 순간에 방송에 생명을 빼앗겼다.

인생의 하프 타임은 항상 중요한데 방송쟁이에게는 이 말이 전혀 생소할 뿐만 아니라 오히려 사치스러운 말이었다. 방송을 처음 시작했던 조연출 시절부터 잠자는 일은 애초에 생각도 하지 말아야 했고, 가정은 돌보지도 못했다. 일에 파묻혀 헤어나질 못했고, 빡빡한 일정에 잠을 설쳤다. 시청률 압박과 본사 CP의 말도 안 되는 요구에 대한 스트레스를 받아 몸도 마음도 많이 상했다.

본사의 프로그램을 따내기 위한 외주 제작사의 경쟁은 PD란 직업을 가진 모든 사람의 생명을 단축시킬 뿐만 아니라, 각자 맡은 여러 분야에서 열심히 살기 바빠 인생의 하프 타임 따위는 감히 엄두도 못 냈다. 그렇게 PD들은 자신의 상황을 알면서도 삶을 계획대로 살지 못하고 인생의 하프 타임 시기를 놓치는 경우가 허다했다.

사람이 살아가는 동안 가장 중요한 선택의 순간이 온다. 그 순간을 잡지 못하면 기회는 다시 오지 않는다. 그 중요한 선택의 시간을 놓치고, 영영 돌아올 수 없는 길에 들어선 그가, 그리고 그들이 그러했다. 내가 그들의 죽음이 더욱 안타까운 이유는 중요한 순간을 잡지 못하고 놓쳐버렸기 때문이다.

무더운 여름, 내가 만났던 그는 영웅이었다. 링 위에서 호랑이 같았던 이왕표처럼, 사각의 링 위에서 연신 두들겨 맞아 네 번 쓰러졌다 다섯 번째 일어나 경기를 역전시킨 4전5기 홍수환처럼. 그는 영웅이었다.

카메라 렌즈 하나로 세상을 다 보여주던 그.

촬영을 하다 언제 어떻게 죽을지 모르는 위험천만한 상황을 서서히 익숙함으로 치장했던 그.

가난함 속에서도 카메라 하나면 세상의 모든 이슈를 담아 사람들에게 알릴 수 있다고 행복해하며 나와 우리를 안심시켜주던 그.

그렇게 나를 안심시키며, 믿게 해주고 의지하게 해주던 그는 나를 등지고 영영 가버렸다.

메마른 사막 위 길을 잃고 오아시스를 찾으러 떠났다 결국 찾지 못해 길 위에서 낙담하다가 다른 맹수의 표적이 되어 희생이 된 그들이 떠난 2017년 7월 14일.

매미 소리가 그들의 억울함을 대신하고 있는 것 같았다. 그날따라 매미소리가 더 크게 들린 까닭은 억울하게 이 세상을 마감한 두PD의 억울한 마음을 대신한 것은 아닐까 생각한다.

나의 영웅이자 나의 사랑이었던 그는 한국에 너무 가고 싶고, 내가 그립고 보고 싶다는 말만 메시지로 남긴 채 그렇게 쓸쓸히

머나먼 여행을 떠나버렸다. 지금 그가 떠난 자리는 공석으로 남아 있고, 언제고 다시 돌아올 날을 나는 기다리고 있다.

그가 떠난 지 6개월째.

아마 1년이 지나고 10년이 지나고, 20년이 지나고, 50년이 지나도 나는 그를 기다릴 것이다.

경준's 이야기

아프리카 오지에서 교통사고라니……. 처음 이 소식을 접했을 때 정말 재수가 없어서 난 사고라고 생각했다. 그러나 정황이 파악될수록 정말 위험한 상태로 작업을 진행하고 있었다는 것을 느꼈다.

박환성 PD는 이번 작품을 마지막으로 생애 전환기를 마련하고자 했었다. EBS와 결별을 선언할 예정이었고, 자연 다큐 이외의 작업 영역도 구상 중이었다. 끝이자 새로운 시작. 그는 새로운 시작의 부푼 꿈을 안고 기존 인생의 마무리를 위해 고군분투했었다. 하지만 하늘도 무심하지. 결국 운명을 달리했다.

그의 새로운 꿈은 대신 꿔줄 수 없지만 그의 마무리는 어떻게 해서든 돕고 싶다. 그래서 그의 삶이 오랜 기간 기억될 만한 가치 있는 것이라는 것을 세상에 증명하고 싶다.

박환성 감독과 함께 영원할 블루라이노 픽처스.

나의 하나밖에 없는 형이자 국내에 더 이상 없을 자연 다큐멘터리스트를 위하여.

영미's 이야기

사람들이 나에게 이 책을 왜 쓰냐고 물었다. 조심스러운 질문일 수도 있고, 그냥 단순한 질문일지도 모르지만 내 설명은 항상 같았다. 같은 일이 반복되지 않기를 바라기 때문이라고 말이다.

공허하고 다른 것으로 채우려 해도 채워지지 않았으며, 그냥 이 삶 자체가 무의미했다. 사람이 죽어버리면 그냥 그 순간 슬퍼하고 끝난다는 것 자체가 너무 말도 안 된다는 생각이 든다. 나는 죽기 위해 자살 시도를 했지만 죽음은 나를 빗겨갔고, 그냥 이 세상을 살아가는 사람 중 하나였다. 그러나 이 사람은 항상 죽음의 기로에 서 있었고, 하루하루 생을 연명하면서 살아왔었던 것 같다. 나에게도 이미 자신의 운명이나 상황을 미리 알고 있는 것처럼 오늘이 마지막이라 생각하면서 열심히 살고 열심히 먹어야 한다고 말했으니 말이다. 게다가 갑자기 방송 프로그램이 없어지고, 다른 프로그램을 찾아서 일을 구해야 하는 것이 일상이었고, 하나의 프로그램을 시작하면 정말 열심히 그 프로그램에 매진하며 마지막까지 고군분투하면서 살아왔다.

연차가 쌓여갈수록 일자리는 더 없어지고, 자신이 속해 있을 곳이 없어져갔다. 업무량은 배로 늘어나지만, 연차가 높아지니 갈 곳이 손에 꼽히고도 손가락이 남을 정도로 줄어갔다. 본사에서는 제작비를 줄이고, 외주 제작사는 그것 또한 부담이 되니 수입을 창출하려면 점점 연차가 적은 PD를 뽑아야 했겠지만.

어느 날인가 그 사람이 너무 지쳤는지 술을 한잔하고 들어와 나에게 힘들다고 다 놓아버리고 싶다고 말을 했다. 그저 자다가 그대로 죽으면 편할 것 같다고 말이다.

또 한번은 자신이 왜 방송 일을 하는지 모르겠다고 이젠 목표도 없다고 했다. 시사를 했는데 자신이 분명히 찍어온 건데 자신이 찍어왔다고 말했는데도 제대로 확인도 안 한다고 없다고 경상도까지 다시 가서 재촬영을 해오라고 했단다. 그래서 새벽에 재촬영을 가야 한다고 옷가지 짐을 챙겨야 하는데 자신이 집에 갈 수가 없으니 옷 좀 챙겨다 달라고 전화가 왔다. 목소리는 이미 반쯤 넋이 나간 상태였고, 잠은 며칠째 자지도 못하고 오늘이 며칠인지 물어보았다. 나는 그냥 그만 놓아도 된다고 내가 돈을 벌어 올 테니 이제 방송 일은 하지 말라고 누차 이야기했다.

본인도 많은 고민을 했을 것이고 할 말은 하면서 살았다고 했지만, 그 사람을 할 말을 다 하지 못하고 살아왔다.

긴 시간 속에서 숨죽이며 원치 않는 장남이란 타이틀로 많은 가족 친지들의 기대 속에서 살아왔지만 그 기대에 미치지 못해 눈치를 보며 성장했을 김광일이 생각났다. 오영미의 신랑이자 두 아이의 아빠, 한 가정의 가장으로 할 말도 못 하고 실직하면 어떡하나 고민하면서 낭떠러지에 놓인 줄 하나에 간신히 버티며 서 있었을 김광일. 그리고 프로그램의 연출가 김광일 PD로 어떻게 해서든 살아남아야 했던 그 사람은 사는 것이 가장 힘들었을 것이다. 어깨 위에 커다란 산 하나를 짊어지고 살아와야 했을 것이라 생각한다.

자신이 하고 싶은 일보다 자신이 해야 할 일을 더 찾았던 그 사람이지만, 찾는 것이 죽음은 아니었을 텐데 싶은 생각과, 이 사람이 하고 싶은 일도 다 못 하고 갔다는 생각에 시간이 많이 흐른 지금도 가슴이 너무 아프다.

사랑했기에 가능했고, 사랑했기에 버텨낼 수 있었다. 이제 시작이겠지.

앞으로 더한 일들이 눈앞에 있을 것이다. 그런 과정 속에서 끊임없이 흔적을 남기며 기록을 써내려가는 일이 쉽지는 않을 것이라 생각한다.

2017년 12월 크리스마스는 아무래도 더 쓸쓸하고, 아픈 날로 기억될 것 같다. 그가 사라지고 처음으로 혼자 보내는 크리스마스이자, 그를 그리워하며 산타가 선물로 아빠를 다시 보내주길 기다리는 딸이 매일 기도하고 있기 때문이다.

사랑이 가득하고, 따스한 기운이 많을 것이라 생각한 이 세상에는 또 언제 드리울지 모르는 죽음의 그림자가 우리를 기다리고 있다. 모든 사람들에게 말하고 싶다. 가슴 떨리는 사랑만 사랑이 아님을, 비록 설렘은 사라졌어도 나를 지켜주는 당신 옆의 소중한 사람에게 귀기울여보라고 말이다.

다행히도 많은 분들이 곁에 계셨기에 가능했던 이번 책을 통해서 독립 PD들의 어려운 작업 환경이 널리 알려져서 개선되기를 기대한다.

사랑했고, 사랑하고 있으며, 사랑으로 가슴속에 영원히 남아 있을 '김광일'이라는 내 힘의 원동력에게 이 책을 바친다.